KB079878

현대시 미학 산책

권성훈

저자의 말

이 책은 2015년부터 〈경인일보〉 월요일 고정 코너 ‘시인의 연인’에 집필했던 시인들의 작품과 저자의 해설을 재구성하여 시를 좋아하는 독자들을 찾아 나선다.

매주 변화하는 시대와 계절에 맞는 시를 뽑아서 거기에 의미를 덧붙이는 일이 어느덧 4년째로 접어든다. 그동안 저자가 임의로 선정한 시편의 시 세계를 훼손하지 않을까라는, 고민을 하며 한편 시를 쓰듯이, 글을 써왔다. 그럴수록 바닥에 가까워지는 설익은 나의 글쓰기는 빈번히 시에게 압도당하면서 책상이 밥상과 침상이 되는 날들을 함께 보냈다.

이 땅에 시인이 많듯이 좋은 시도 그만큼 있다는 것에

동의하지만 신문사의 특성상 모두를 담아내지 못한 점이 못내 아쉬울 뿐이다. 따라서 여기 수록되지 못한 대부분 시인들에게 죄송하다는 마음으로 『현대시 미학 산책』을 바친다.

이 책이 나오기까지 수고해 주신 경인일보사에 감사드리며, 물심양면 지원을 아끼지 않았던 저자의 모교인 수원공업고등학교 총동문회 회장 권순학 선배님과 14회 천강용 선배님께도 고마움을 전한다.

2018. 2.

저자 권 성 훈

차 례

1부

2부

3부

4부

1부

인간 존재는 본질적으로
최소한의 물질을 취하고
보유해야 살 수 있기에,
욕망에서 완전히
벗어나기 어렵다

빗방울 하나가·I

강은교(1945~)

빗방울 하나가

창틀에 터억

걸터앉는다

잠시

나의 집이

휘청―한다

사랑은 대상과 관계 맺으면서 그 내면으로 진입할 때 비로소 완성된다. 사랑이 된 대상은 이전에 볼 수 없었던 것을 보게 하며, 어둠을 투과하며 오직 하나의 빛으로 발광한다. 예컨대 사랑은 빗방울로 젖어 오는 몸짓으로 대상에게 내리고, 녹아내려서 뿌리까지 적셔준다. 사랑으로 기뻐하고 아파하며 '성장과 진통'이라는 동의소 안에 머문다. "빗방울 하나"의 풍경 속에 스며있는 '극소의 존재'를 통해 외부로 향해 있었던 시선이 내부로 돌아온다. 이러한 사랑은 "나의 집이/휘청—한다"와 같이 마음과, 자연과, 우주를 담고 있다. 이것은 관습화된 것에 대한 사상과 구조를 파괴하고, 작은 것으로도 구원에 이를 수 있다는 인식을 묘사한다. 여기서 우리는 이성이라는 언어의 "창틀에 터억/걸터" 앉아 감각적 실존을 응시하게 된다.

탈모

고영(1966~)

살아생전 유난히 꽃을 좋아하시던

어머님이 하늘정원에 꽃나무를 심으시나 보다.

자꾸

내 머리카락을 뽑아 가신다.

있음은 없음으로 있고, 없음은 있음으로 있다. 우리는 있다가 없어진 것을 부재로 지각하고, 없다가 생겨난 것을 해소로 자각한다. 자식에게 어머니의 죽음은 치명적인 상실로 다가오며 부재를 넘어서 있어야 할 것이 없는 결핍으로 채워진다. 어머니는 문학에서 가장 많이 등장하는 상상력의 원동력이라고 할 수 있는데, 살아계실 때 보다는 돌아가신 후 결핍을 경험하며 무의식적으로 생겨나는 경우가 많다. 여기 "살아생전 유난히 꽃을 좋아하시던 어머님이" 없음으로 존재하고, 이 없음은 "하늘정원에 꽃나무"를 심고 계시는 어머니를 있게 한다. 결핍은 상상력을 통해 언어를 생성해 내고 분명히 없다는 것을 선명한 있음으로 교환시키며 보여준다. 자꾸 머리카락이 빠지는 것 역시 고생만 시켜드린 자식의 마음이 '반어적 탈모 현상'으로 희화되고 있는 가운데, '윤리적 고백'으로 해소되는 것이다.

고향에 대하여

고은(1933~)

이미 우리에게는
태어난 곳이 고향이 아니다
자란 곳이 고향이 아니다
거기가 고향이 아니다
거기가 고향이 아니다
산과 돌 온통 달려오는
우리 역사가 고향이다

그리하여 바람 찬 날
몸조차 휘나리는 날
우리가 쓰러질 곳
그곳이 고향이다
내 고향이다

흔히 자신이 태어난 곳을 고향이라고 하지만, 현재 살아가는 곳을 고향이라고 하기도 한다. 예컨대 태어난 곳을 '몸의 고향'이라고 한다면 현실의 고향은 '땅의 고향'이라고 할 수 있다. 땅의 고향은 몸의 고향과 달리 어머니에게 나를 맡기는 것이 아니라, 살아가는 그곳에 자신을 맡기는 곳. 매 순간 우리는 미래를 향해 무방비로 노출된 불안한 현실의 품 안에서 먹고, 입고, 잠자는 오늘을 있게 하는 곳이 진정한 고향이 아닐 수 없다. "그리하여 바란 찬 날 몸조차 휘날리는 날 우리가 쓰러질 곳 그곳이 고향이다"라고 말할 수 있는 것이다. 누구나 어머니라는 '모성적 본향'에서 와서 현실이라는 '사회적 요람'에서 살아가고 있으니, 어디든지 될 수 있는 이 땅의 '내 고향'에서 자신을 묻고 행복을 물으리라.

소주병

공광규(1960~)

술병은 잔에다
자기를 계속 따라 주면서
속을 비워간다

빈 병은 아무렇게나 버려져
길거리나
쓰레기장에서 굴러다닌다

바람이 세게 불던 밤 나는
문 밖에서
아버지가 흐느끼는 소리를 들었다

나가보니
마루 끝에 쪼그려 앉은
빈 소주병이었다

비움은 단순히 채움에서의 공간적 이동이 아니다. 비움은 채움으로 완성되고, 채움은 비움으로 소멸된다는 점에서 비움과 채움은 상대적일 수밖에 없다. '여백의 미학' 역시도 빈 공간을 구현하는 것이 아니라 '비어있음' 안에서 발생되는 '채워있음'을 상상하게 만든다. 형이상학적으로 여백이 많을수록 미학은 비례하는데, 우리의 시선을 사로잡는 것도 거기에 있다. '비어가는 술병'은 홀로 존재할 수 없는바 '잔'이라는 상대적 물질이 있기 때문이고, 이렇게 비움은 누군가의 채움으로 성취된다. "속을 비워"가던 술병은 결국 '쓰레기장'에 굴러다 나는 '비애적인 빈 병'이 되지만 '흐느끼는 소리'를 가진 숭고한 대상으로 전환될 때 '여백의 의미'를 한층 강화하는 효과를 보인다.

여름 숲에서 그을린 삶을 보다

곽효환(1967~)

길은 사라지고
굽고 휘고 뒤틀린 나무들 뒤섞여
더 깊이 더 무성히 울울한 여름 숲
문득 펼쳐진 낙엽송 군락에 서서
오래전 사람들의 그림자를 본다
산나물과 약초를 캐고
화전을 일구며 살다 간
쓰러진 고목 위로 귀틀집 한 채 혹은
너와집이나 굴피집 한 채 지어
몸 들였을 까맣게 그을린 삶들
맨손으로 도끼와 톱과 낫과 삽과 괭이를 부린
지도에는 사라진
고단한 빈손들이 어른어른 지나간다

길은 먼저 간 사람들의 기록이다. 시에서 사람들의 출입이 끊긴 이곳은 "굽고 휘고 뒤틀린 나무들 뒤섞여/더 깊이 더 무성히 울울한 여름 숲"으로 재현된다. 여기서 화자는 "문득 펼쳐진 낙엽송 군락에 서서/오래전 사람들의 그림자를 본다" 군락을 이루고 있는 낙엽송에서 오래전 살았던 사람들의 그림자를 찾아낸다. "쓰러진 고목 위로 귀틀집 한 채" "너와집이나 굴피집 한 채"는 누군가의 흔적이다. "산나물과 약초를 캐고/화전을 일구며 살다 간" 화전민들을 떠올린다. 이들이 "맨손으로 도끼와 톱과 낫과 삽과 괭이를 부린" 산속 생활을 통해 "까맣게 그을린 삶들"을 유추한다. 지금은 "지도에는 사라진" 여름 숲속에서 바람이 불 때 흔들리는 나뭇가지를 "고단한 빈손들이 어른어른"거리는 것으로 묘사된다. 이 시는 사라지고 없는, 사람들의 길을 덮고 있는, 지도에도 없는, 이른바 '그을린 숲속'으로 우리를 안내한다.

뿌리와 뿔

김남규(1982~)

뿌리에서 멀어지면 단단한 뿔이 된다
애초에 하나였으나 이제는 둘이다
뼈 없이
살 뚫고나와
뼈가 되어 박힌다

뿌리에 가까워져도 단단한 뿔이 된다
안으로 뻗어가며 마음을 들이박는다
뿌리는
뿔처럼 뻗었으나
뒤늦게 찔린 거다

사물의 높은 곳에 달린 뿔은 자신의 몸을 뚫고 나와야 비로소 뿔이 된다. 뿔이 된다는 것은 자신을 먼저 찌른 다음 세계를 향해 그것을 들 수 있다. 뿌리에서 나온 뿔은 아이러니하게도 그 자체가 뿌리로서 존재하지만 뿔이면서 뿌리가 아니다. 헤르만 헤세의 「데미안」에서 "새가 알에서 나오려고 싸운다. 알은 곧 세계이다. 태어나려고 하는 자는 하나의 세계를 파괴해야만 한다. 그 새는 신을 향해 날아간다. 그 신의 이름은 아브락사스(Abraxas)다." 이 뿔은 근원적으로 인간 욕망의 뿌리를 형상화해서 보여준다는 점에서 실재하는 화신이 아닐까. 또한 "뿌리에서 멀어지면 단단한 뿔이" 뿌리를 닮아 있는 것은 이 둘이 '애초에 하나'였음을 증명해 주기도 한다. '뼈 없이 살 뚫고나온 뼈'가 욕망에의 "단단한 뿔이" 되기 위해서 안으로 깊숙이 뿌리내리면서 자기를 파괴해야 세계 더 높게 뻗어나갈 수 있는 것 같이.

편지

김남조(1927~)

그대만큼 사랑스러운 사람을 본 일이 없다
그대만큼 나를 외롭게 한 이도 없었다
이 생각을 하면 내가 꼭 울게 된다

그대만큼 나를 정직하게 해준 이가 없었다
내 안을 비추는 그대는 제일로 영롱한 거울
그대의 깊이를 다 지나가면 글썽이는 눈매의 내가 있다
나의 시작이다

그대에게 매일 편지를 쓴다
한 구절 쓰면 한 구절을 와서 읽는 그대
그래서 이 편지는 한 번도 부치지 않는다

많이 사랑한다는 것은 더 많이 외로워진다는 말이다. 우리는 사랑하는 상대에게 진정으로 사랑받고 싶은 기대가 있지만 그것이 좌절되는 순간 다른 사람에게 느끼는 상실감보다 크다. 상대에게 인정받기 위한 당신의 노력은 그대를 향해 그대를 위해 그대를 통해 열려있지만 예상치 못한 눈물로 돌아오고 만다. 그렇지만 그대는 당신 내면의 표정까지 비추는 정직한 거울이 되지 않았던가. 그대보다 당신이 더 많이 좋아했던 사랑을 생각해 보라. 눈물로 쓴 부치지 못한 마음의 편지가 낙엽 떨어지는 가을날 가슴 가득 한 행복으로 쌓여있지 않는가.

마치……처럼

김민정(1976~)

내가 주저앉은 그 자리에
새끼고양이가 잠들어 있다는 거

물든다는 거

얼룩이라는 거
빨래엔 피죤도 소용이 없다는 거

흐릿해도 살짝, 피라는 거 곧 죽어도
빨간 수성 사인펜 뚜껑이 열려 있었다는 거

가을 단풍이 날 것의 하늘 끝자락을 물고 있다. 붉은 입술로 가을이 열리는 것은 너무 많은 것들을 허공에 쏟았기 때문이 아닐까. 내가 누군가에게 그랬던 충혈 된 말처럼 그렇게 다녀간 흔적은 마음에 얼룩이 되고 만다. 생채기에 남은 자국은 '새끼 고양이'의 발톱같이 자라나 '흐릿해도 살짝' 내 몸을 번지게 한다. 그러한가, 어느 날 가슴을 쓰다 만 지워지지 않는 '빨간 수성 사인펜 벗겨진 뚜껑'같이 힘없는 가을에 열리는 것이다. 자신의 의지와 상관없이 '물든다는 거야' 말로 '수동적 슬픔'처럼 알 수 없는, 우리는 이제 곧 떨어질 만큼의 부피만 하나씩 나눠 가진 피로한 가을 하늘을 한없이 높게 매달게 될 것이다.

공생

김상미(1957~)

시는 시인의 가슴을 파먹고

시인은 시의 심장을 파먹고

부자는 가난한 자들의 노동을 파먹고

가난한 자는 부자들의 동정을 파먹고

삶은 날마다 뜨고 지고 태양의 숨결을 파먹고

태양은 쉼 없이 매일매일 자라나는 희망을 파먹고

희망은 너무 많이 불어 터져버린

일회용 푸른 풍선 같은 하늘을 파먹고

모든 존재를 들려다 보면 스스로 있는 것은 없다. 길가에 피는 들꽃이라도 저 혼자 있는 것 같아도 땅과 햇빛 그리고 공기가 있어야 하듯, 무엇인가 되기 위해서는 어떠한 것이 필요하다. 그것을 충족하지 못할 경우 아무것도 될 수 없지만 아무것도 아닌 것들이 서로 조화롭게 섞여 있을 때, 이른바 공생의 법칙으로서 생명의 기원과 탄생에 가 닿는다. 시인과 시가, 부자와 가난한 자가 대척이 아닌 것은 '날마다 뜨고 지는' 세상 속에서 서로 '태양의 숨결'을 느끼고 있기 때문이다. 희망이란 반대로 실망이 '쉼 없이 매일매일' 공존하고 있으므로 절망하지 않기 위해서 그것을 파먹어야 희원을 이룰 수 있는 것처럼.

나의 거처

김선향(1966~)

너는 고산지대에 핀 말나리꽃의 줄기다

빈 집 절구독에 고인 빗물에 비치는 낮달이다

붙박이별을 이정표 삼아 비탈길을 가는 나귀 걸음걸이다

너는 무명천에 물들인 쪽빛이다

노인정 앞 평상에 내려앉은 후박나무 잎사귀다

중심을 향해 있거나 중심에서 멀어진 그곳을, 우리는 주변부라고 한다. 그곳을 자세히 들여다보면 중앙부를 있게 하며 빛나게 만든다. 마치 존귀한 사물에 깃들여 있는 아우라처럼 주변부는 존재한다. 중심에서 멀어져 있지만 하늘과 가까운 옥탑방과 같이 안채에서 떨어져 모퉁이 세계에 있다. 거기는 외로운 장소로서 '고독한 시간'이 배여 있는 시공간이다. 고산지대의 높은 곳에 핀 '말나리꽃의 줄기'같이. 비온 뒤 빈 집 절구 독에 고여 있는 '빗물에 비치는 낮달'같이. 주인과 함께 비탈길을 가는 '나귀의 걸음걸이'같이. 흔하게 볼 수 있는 '무명천을 물들인 쪽빛'같이. 눈여겨봐 주지 않는 노인정 평상에 피어나는 '후박나무 잎사귀'같이, 단독으로 뜻을 가질 수 없지만 홀로 의미를 가지는 존재 군이다. 조명 받지 못하지만 조명하고 있는, 그곳은 사랑 받지 못하지만 사랑하고 있는 '절대적인 사랑'이 머무는 '고독의 거처'가 아니겠는가.

별

김완하(1958~)

나의 별은 내가 볼 수 없구나
항시 나의 뒤편에서
나의 길을 비춰 주는 그대여,
고개 돌려 그를 보려 하여도
끝내 이를 수 없는 깊이
일생 동안 깨어 등을 밝혀도
하늘 구석구석 헤쳐 보아도
나는 바라볼 수가 없구나
우리가 삼천 번 더 눈떠 보아도
잠시, 희미한 그림자에 싸여
그을린 등피 아래 고개를 묻는 사이
이 세상 가장 먼 거리를 질러가는 빛이여
어느새 아침은 닿고,
진실로 나의 별은 나의 눈으로
볼 수가 없구나

당신은 도구와 타인의 시선이 아닌 자신의 두 눈으로 민낯을 한 번이라도 마주한 적이 있는가. 이 가운데 보는 것만이 아는 것이라는 명제는, 아는 것만큼 보인다는 것을 절대적 가치로 인식 되어왔다. 시선에 들어오는 것만이 참이라는 사실로 믿는, 우리는 욕망 앞에서 나머지 진실은 스스로 폐기해야 했다. 수많은 별들 중에서 '나의 별'이라는 실제를 찾을 수 없기에 '나의 뒤편에서 나의 길을 비춰 주는' 그대라는 별도 바라볼 수 없다. 거짓이라는 '희미한 그림자에 싸여' 그것이 참인 줄만 알고 '일생 동안 깨어 어두운 등을 밝혀주는' 실상을 망각한 채. '진실로 나의 별을 나의 눈으로' 조우할 수 없는 것은 '그을린 등피'를 수많은 '욕망 아래'묻으며 왔기에.

나체족

김왕노(1957～)

벗음으로 오히려 하나도 부끄럽지 않다.

벗어버리면 덜렁거리는 남근도

질척이는 사랑의 입구도 그림자일 뿐이다.

인간 존재는 본질적으로 최소한의 물질을 취하고 보유해야 살 수 있기에, 욕망에서 완전히 벗어나기 어렵다. 무소유는 가지지 않는 것이 아니라 더 가지려고 하지 않는 것, 소유 자체의 부정이 아니라 소유에 대한 집착을 버리는 것이다. 욕망의 바닥은 집착이며, 이 집착의 근원지를 찾았을 때, 그토록 욕망했던 물질에서 해방될 수 있다. 물질은 보이지 않는 욕망의 실체이며, 물질의 채움과 비움은 욕망의 움직임이 된다. 욕망에 매여 있는 한, 소유에서 다른 소유에로 나아 갈 뿐 욕망의 벗어남은 불가능하다. 소유를 끊고 대상에 사로잡히지 않기 위해 물질에 관계하는 '대상없는 마음'이 필요하며 대상을 동기화시킬 때 최적화될 수 있다. "벗음으로 오히려 하나도 부끄럽지 않다"라는 역설이야말로 있음의 욕망을 모두 벗고 자유로운 상태에 이른 경지다. 따라서 감추고 있었던 '덜렁거리는 남근'과 '질척이는 사랑의 입구'로 음부만 남기는, 전라의 형상은 '무소유의 날 이미지'인 줄 모른다.

사랑노래·2

김용택(1948~)

돌아눕고, 돌아눕고 돌아누워

왼 밤을 뒹굴어 만든 사람아

아침 햇살에

흔적도 없이 녹아 버린 사람아.

잠 못 이루는 밤은 시간이 멈춰있는 듯하다. 모든 것이 정지되어 버린 것처럼 보이지만 한 가지 생각만은 끊어지지 않는다. 생각이 생각 속에 갇혀 나오지 못하기 때문이다. 현실로부터 유리된 가운데 자신도 알 수 없는 기억의 집을 쉴 새 없이 지었다 부순다. 이 집은 실재에서 "돌아눕고, 돌아눕고 돌아누워" 존재하지 않는 꿈의 세계다. 이 시공간은 사실과 거리가 멀지만 눈을 감으면 금방이라도 잡을 수 있을 것 같다. 한 사람을 쓰고 지우고 반복하면서 그 사람은 당신의 마음대로 움직이는 온전한 당신의 것이 된다. 그렇지만 다음날 "아침 햇살에/흔적도 없이 녹아 버린 사람"처럼 허망하게 변한다. 당신의 사랑도 영원할 것 같지만 눈을 뜨면 한순간 하얗게 사라져버리는 '밤을 뒹굴어 만든' "눈사람" 아니던가.

설화雪花

김종태(1971~)

썩은 가지에 눈발이 살아 있다
절속絶俗 후 하릴없는 생각들이
겨울눈으로 허공을 껴안아
뿌리 쪽 관다발 어디쯤에선
물길이 막힐수록 빛나는 적요
죽음이 떠받치고 있기 때문이다
생生이 외도外道라면 눈은 또 무슨
경계의 밖인가 고사古寺의 숲은 밝아
여태 걸은 길들이 능선에 엉킨다
연緣 없는 나목裸木들 반은 살아 반은 죽어
연록의 시절을 지우며 야윌 때
대처로 가는 길 영원히 막힐러니

상대방에게 위로가 된다는 것은, 그만큼의 상처를 덮어주는 일이다. 상처의 부피가 깊을수록 나눠야 하는 슬픔의 진폭도 비례한다. 죽어가는 생명은 삶으로부터 멀어지지만 그래도 살아있음을 느끼게 해주는 것은 누군가 옆에 있기에 가능하다. 삶의 잎사귀를 모두 떨어뜨린 사이사이를 채워주는 '겨울눈'을 보면 자신을 키워온 '인생의 육체'를 보게 된다. 그것은 뿌리 쪽 관다발에서 물길이 막히어 썩어가는 나무에 내린 눈을 통해 우리의 삶을 예측할 수 있는 것이다. 눈꽃은 존재 내면의 크기를 '대처'해 주는 형상물로서 '생(生)이 외도(外道)'라고 할 수 있다. '반은 살아 반은 죽어' 있는 삶에서 "연록의 시절을 지우며" 서 있는, 겨울 한복판에 나는 주변 사람들에게 어떤 존재인가를 생각했다.

새는 자기 길을 안다

김종해(1941~)

하늘에 길이 있다는 것을

새들이 먼저 안다

하늘에 길을 내며 날던 새는

길을 또한 지운다

새들이 하늘 높이 길을 내지 않는 것은

그 위에 별들이 가는 길이 있기 때문이다

하늘에도 길이 있다면 그 길은, 길로 통하며 길을 지우기도 한다. 그러나 보이는 곳에만 길이 있는 것이 아니라, 길은 여러 갈래로 펼쳐져 있다. 하늘을 나는 새들을 보라. 새들은 허공에 난 길로서 어디든지 가고 있지 않은가. 보이는 길보다 보이지 않는 길이 더 자유롭다는 사실을 역설적으로 보여주는 대목이다. 새들에게 허공을 내어준다는 것은 날개를 마음껏 펄럭일 수 있도록 자유를 허락하는 것과 마찬가지다. 땅의 속박에서 벗어난 새들은 자신이 낸 길을 남기지 않으려고, 무수한 날개짓으로 흔적을 지우고 있는 줄도 모른다. '하늘 높이 길을 내지 않는 것' 또한 '그 위에 별들이 가는 길'에게 방해가 되지 않기 위한 삶의 방식인 것을, 이제야 알겠다.

틈

김지하(1941~)

아파트 사이사이
빈 틈으로
꽃샘 분다

아파트 속마다
사람 몸속에
꽃눈 튼다

갇힌 삶에도
봄 오는 것은
빈 틈 때문

사람은
틈

새 일은 늘
틈에서 벌어진다.

봄날 민들레 꽃씨가 콘크리트 벽 사이에서 싹을 피운다. 이 싹은 눈부신 생명에 대한 경이로움과 감동 그리고 희열을 보여준다. 꽃씨가 '사이사이'에서 발아하는 '빈틈'은 척박하지만 생명이 연원할 수 있는 공간이며, 그것은 실재하는 "아파트 속마다" 있듯이 "사람 몸속에"도 무의식적으로 기거한다. 무의식은 '갇힌 삶'이지만 그 무의식의 '빈틈'에서 봄과 같이 새로운 생명의 탄생을 예고한다. 김지하는 그의 회고에서 "세계에 대한, 인간에 대한, 모든 대상에 대한 사랑. 악몽도, 강신도, 행동도 모두 이 사랑으로부터 비롯되는 것"이라고 했듯이 "사람은/틈"에서 오는 바, 틈은 이 모든 생명의 시작이면서 끝이다. 우리가 맞이하는 새로운 일들도 가만히 들려다 보면 "늘 틈에서 벌어"지는 것처럼 구멍 난 당신의 가슴에도 이제 곧, 한 송이 꽃이 피어날 것이다.

꽃, 點

김진돈(1960~)

동백은 빈틈없이 꽃잎 포개고
드디어 온점點이 된다

바닥에 점點을 찍어
그대로 통꽃이다

절벽이 동백을 받아준다
어느 날 절벽 끝에선 한 사내처럼

고요 한 점이 절벽보다 깊다

시선은 보이는 것만 고집하기에, 보이지 않는 것을 놓치기 쉽다. 눈에 보이는 것도 대부분 보이지 않는 세계에 놓여 있지만 우리는 잘 알지 못한다. 보이는 것과 보이지 않는 것을 동시에 응시할 수 있는, 두 눈이 없는 존재는 미생(未生) 일 수밖에 없다. 눈에 보이는 시선으로써 보이지 않는 세계에 집착하기 때문에 불안과 갈등을 겪는 것도, 거기에 있다. 완전하지 못한 한 쪽 눈으로는 미생을 완수할 수 없지만 '동백'과 같이 '빈틈 없이' 자신 내면의 ' 꽃잎을 포개고' 끊임없이 바라볼 때, '온점點 하나'를 찍을 수 있다. 온점은 '마음의 눈'으로서 '육체의 눈'에서 독립하기 위해 고통스럽게 피워 올린 '통꽃'인 것이다. "절벽 끝에선 한 사내처럼" 아지랑이와 같은 고행의 막바지에 이르러 마음에 찍은 '고요 한 점'을 바라보라. 시선은 '절벽보다 깊은 응시'로 바뀌면서 완생(完生)에 가까워진다.

편지

김초혜(1943~)

먼저 핀 꽃도

나중 핀 꽃도

모두 다 지는 꽃이라

그대가 어제 피운 꽃 한 송이

오늘도 내게 와서 지고 있다

꽃은 지기 위해 핀다. 꽃이 사철 피어있다면 과연 아름다움의 대명사로서 꽃이 되었겠는가. 귀한 것은 흔하지 않듯이 우리의 만남도 그렇지 아니한가. 한순간 머물러 있어도 한순간도 잊지 못한 사람이 있는 반면 평생을 함께 있어도 한순간보다 못한 사람이 있다. 그것이 인연이라면 속절없이 저무는 한 해 속에 떠오르는 "그대가 어제 피운 꽃 한 송이"를 발견하게 된다. 누군가의 가슴에서 지고 있는, 그 꽃은 사랑의 꽃인가. 상처의 꽃인가. 그 물론 당신이 피워낸 것이므로 상처로 남았다면 상처를 만드는 것은 찰나이지만 그것을 치유하는데 평생이 걸린다는 말속에 답이 있다.

위치

김행숙(1970~)

커튼과 커튼이 보폭처럼 펄럭였지만

다른 창문으로 걸어가지는 않을 것이다.

당신은 거기에 있는가? 십 년 전에, 혹은, 십 년 후에.

우리는 사이에 있다. 현재와 과거, 이곳과 저곳, 사람과 사람, 생각과 생각들 사이에 당신도 존재한다. 이 사이에는 무수한 갈등과 충돌 그리고 모순이 숨어 있다. 이 숨겨진 사이 면면을 말로 다 할 수 없다. 사이의 비밀을 인간의 말로서 그대로 전달하지 못한다. 말하는 순간에 이미 원래의 것에서 멀어지기 때문이다. 예컨대 사이에 있는 것을 일상의 언어로 포장할 수 있어도 전달되면서 왜곡되거나 변질되기 마련이다. 이때 작동되는 기지가 문학에서 말하는 암시와 비유다. '사이'는 암시와 비유 속에서 살아 움직인다. 사이의 경계를 무화 시키는 시인의 언어는 추상적인 본질을 통제하는 것이 아니라 그 본래의 자리에서 본래의 소리로 풀어놓는데 있다. "커튼과 커튼이 보폭처럼 펄럭"이며 흘러가는 말들을 통해 커튼과 커튼 사이를 해방시킨다. 각자의 사물에 창을 내고 있는, 언어는 각자의 언어로 "다른 창문으로 걸어가지는 않을 것이다." 당신이 '십 년 전에' 누군가에게 고백했던 두 사람의 말이 '십년 후에'도 그 사이에서 두근거린다.

지평선

김혜순(1955~)

누가 쪼개놓았나
저 지평선
하늘과 땅이 갈라진 흔적
그 사이로 핏물이 번져나오는 저녁

누가 쪼개놓았나
윗눈꺼풀과 아랫눈꺼풀 사이
바깥의 광활과 안의 광활로 내 몸이 갈라진 흔적
그 사이에서 눈물이 솟구치는 저녁

상처만이 상처와 서로 스밀 수 있는가
내가 두 눈을 뜨자 닥쳐오는 저 노을
상처와 상처가 맞닿아
하염없이 붉은 물이 흐르고
당신이란 이름의 비상구도 깜깜하게 닫히네

누가 쪼개놓았나
흰 낮과 검은 밤
낮이면 그녀는 매가 되고
밤이 오면 그가 늑대가 되는
그 사이로 칼날처럼 스쳐 지나는
우리 만남의 저녁

불광불급(不狂不及), 우리는 무엇인가에 미치지 않으면 미칠 수 없다. 사랑도 그렇다. 누군가를 후회 없이 사랑하고 그리워할 때 '미친'이 '미침'으로 가닿을 수 있다. 이것은 '이상한 정서'가 아니라 '이상적 정신'으로서 성취하는 결과물이지만 사랑도 영원할 수 없다. 그렇지만 너무 아파하지 마라. 이 시에서 보여주는 갈라진 지평선은 상처의 비상구이며 고통을 이해하는 통로라는 점이다. 상처와 상처가 서로 스밀 수 있는 것은 상처와 상처가 맞닿아 있기 때문이다. 대척점에 있는 낮과 밤이 저녁에 지평선에서 붉게 만나듯이 우리의 만남과 이별도 자연스러운 현상이다. 상처는 상처 난 정서를 통해서 환기시킬 수 있다.

소망

김후란(1934~)

생애 끝에 오직 한 번
화사하게 꽃이 피는
대나무처럼

꽃이 가면 깨끗이 눈 감는
대나무처럼

텅 빈 가슴에
그토록 멀리 그대 세워놓고
바람에 부서지는 시간의 모래톱

벼랑 끝에서 모두 날려버려도
곧은 길 한 마음
단 한 번 눈부시게 꽃피는
대나무처럼

언제나 변화하지 않는 절개와 정조의 식물, 대나무가 있다. 푸르고 곧은 대나무의 형상은 시시각각 달라지는 인간의 마음을 비유하기에 충분하다. 대나무가 피어 올린 꽃은, 생애 한번 보기 힘들 정도로 희귀하면서 개화 시기도 알 수도 없다. 그러나 대나무가 꽃을 피우고 나면 죽고야 만다는 속설과 같이 그 꽃은 대나무의 마지막을 알려주는 신호이기도 하다. 이 가운데 "생애 끝에 오직 한번/화사하게 꽃이 피는/대나무"에서 인간의 가치를 자연의 숭고한 것에서 발견하려고 한다. "꽃이 가면 깨끗이 눈 감는/대나무"는 "텅 빈 가슴에/그토록 멀리 그대 세워놓고/바람에 부서지는 시간"과 "벼랑 끝에서 모두 날려버려도 곧은 길 한마음" 온갖 비바람을 서서 맞이하며 숙명적으로 한 사람을 기다리는 대나무에게서 하루가 다르게 변화하는, 이 시대가 배워야 할 '마음의 길'을 본다.

거미의 각도

김도이(1954~)

몸을 풀은 공중에서 낮 선 당신을 견뎌냈다

우울증을 앓던 여자가 폐기물인 양 창 밖으로 아이를 던졌다 나뭇가지를 부러뜨리며 아이는 각에 걸렸고 패스! 라고 외치며 여자는 거꾸로 뛰어 내렸다 사람들은 일제히 전화기를 꺼내들었다 구급차가 아슬아슬 펼쳐졌지만 당신의 계산법은 치명적이어서 아이와 여자는 허공인 채 봉분이 된다

바람을 잡아당기면 공중이 어긋나서
삐끗 금 간 독毒들이 욱신거렸다

밤의 꽁무니는 무지해 아무 곳으로나 몸을 풀고 모퉁이에 많은 것을 감추려든다고 말하는 순간 당신은 아침의 방향으로 햇빛을 재단한다 많은 것은 많은 것을 잃고 나를 비껴나간 곳,

끊어질 듯
성급한 날개가 끈끈한 각도에 한 끼 식사처럼 걸려있다
허공은 깊게 파여 껍데기뿐인 나를 먹으러 이곳으로 왔다
없는 나뭇가지는 혈관으로 얽혀있고 비행을 멈춘 당신
날아갈 공간도 없이 굳고 있는 나를 본다

존재하는 것들은 저마다 위치와 크기의 각도를 매달고 있다. 이 각도가 살아있음을 증명하는 척도라면 각도를 가진 것만이 태어날 수 있고, 죽을 수 있지 않겠는가. 시시각각 다른 각도로 살고 있는 인간도 어머니의 몸에 걸려 있다가 당신이라는 고유의 각도를 가지게 된다. 공중에서 몸을 풀은 어미 거미는 제 뱃속의 내장을 뽑아서 거미줄을 만들고, 그 거미줄로 새끼들 먹이도 잡아주고, 새끼들 다 키우면 내장은 모두 빠져나가 거죽만 남는 것이 거미들의 계산법이다. 이 계산법은 어머니라는 자리를 지키기 위해 세상의 "삐끗 금 간 독毒들이 욱신"거리는 것을 참아가면서 빈 가슴으로 설 때 완성되는 이치다. 어느 시인은 "새끼들 다 떠나보낸 늙은 거미가 마지막 남은 내장을 꺼내 거미줄을 치고 있다면 그건 늙은 거미가 제 수의를 짓고 있는 거다. 그건 늙은 거미가 제 자신을 위해 만드는 처음이자 마지막 거미줄"이라고 했다. 바람 잘 날 없는 가지 "많은 것은 많은 것을 잃고" 난 후 '껍데기뿐인' 자신은 "날아갈 공간도 없이" 그렇게 어머니의 각도 또한 쭈글쭈글 말라가는 것이다.

2부

인간은 소유하지 않고 살 수 없다
소유는 끝없는 욕망의 움직임이며
실체화된 '욕망의 성취'다
무엇을 욕망하는가는
무엇을 소유하고 싶은가를
정하는 척도다

점

도종환(1954~)

사람에게는 저마다 자신만 못 보는 아름다운 구석 있지요

뒷덜미의 잔잔한 물결털 같은 귀 뒤에 숨겨진 까만 점 같은

많은 것을 용서하고 돌아서는 뒷모습 같은

우리는 자신의 뒷모습을 보지 못한다. 분명 있지만 내가 알 수 없는, 이 장소는 타자에 의해 볼 수 있고 촉각으로만 만질 수 있다. '나'라는 장소에 있으면서도 '나'의 시선을 벗어난 이 공간은 '인식의 사유체'로 작동한다. 인식의 사유체는 현상으로서 보이는 것보다 보이지 않는 것에 의해서 무한한 상상의 여지를 준다. 존재하지만 보이지 않는 것은 '시선—내—없음'이지만 우리는 뒤에 있는 것이 무엇이며 어떻게 생겼을까? 상상으로 '가득—있음'으로 채워질 수 있는 덜미를 제공한다. 뒷덜미에 난 '점' 같이 "자신만 못 보는 아름다운 구석"이 그것이다. 자신만이 보지 못하는 돌출된 상처란 무엇인가? 자신의 욕심 때문에 다른 사람이 받았던 아픔은 없는가. 혹은 다른 사람의 욕심 때문에 자신이 받았던 아픔은 없는가. 잊히기 전에 용서를 구하고, 용서하라. 그렇다면 초겨울 저녁 구석에 "숨겨진 까만 점 같은 많은 것을 용서하고 돌아서는 뒷모습" 속에서 노을같이 잔잔하게 물결지는 아름다운 당신을 보지 않을까.

곁

류미야(1970~)

상자 속 귤들이 저들끼리 상하는 동안

밖은 고요하고

평화롭고

무심하다

상처는

옆구리에서 나온다네, 어떤 것도.

발효와 부패는 미생물의 효소가 유기물을 분해시킨다는 점에서 비슷한 과정으로 진행된다. 여기서 유용한 물질이 생기면 삶의 발효가 되고, 유해한 물질이 만들어지면 더불어 부패하며 악취를 동반한다. 이것은 무엇이 무엇을 만나는지 대상에 의해 결정되며, 외부적인 것이 아니라 내부적인 요인으로서 안으로부터 작동된다. 오래 된 "상자 속 귤들이 저들끼리 상하는"것을 보면 상큼 달콤한 저 마다의 맛과 향기는 사라지고, 오히려 서로가 서로에게 기댄 부피만큼 부패해 간다. 그 폐부는 썩어가도 밖은 고요함조차 모르게 '고요'하며, 평화가 사라져 '평화'로운 역설적 상태가 되는데, 심미적으로 이것을 "무심하다"라고 일컫는다. 누군가의 곁에 서 무심히 호흡하는 당신도, '관심의 온도'에서 부패해가고 있다면 '어떤 것도 상처'가 되는 바, 어느 날 예기치 않게 '옆구리'가 아픈 연유도 거기에 있다.

바퀴

맹문재(1963~)

바퀴는 정직하다
어느 바퀴살 하나 꾀부리지 않고
있는 힘을 다해 제 길을 간다
진창이 있어도
목 노리는 칼날이 있어도
두려워 않고 간다

굴러가는 바퀴를 보고 있으면
주춤거린 나의 세월도
용서된다
바퀴처럼 향할 용기가 아직은
남아있기 때문이다

둥근 것은 제 몸을 수없이 부딪쳐 연마한 흔적이다. 바퀴와 같이 모나지 않게 자신을 굴리기 위한 '정직'한 표현이다. 그 몸을 들여다보면 '바큇살 하나라도 꾀부리지 않고' "있는 힘을 다해 제 길을 간다" 하나가 전체이고, 전체가 하나로 된 바퀴는 "진창이 있어도/목 노리는 칼날이 있어도/두려워 않고 간다" 우리는 "굴러가는 바퀴를 보고 있으면/주춤거린 나의 세월도/용서"할 수 있게 된다. 자신을 갈고, 닦는다는 것은 세상으로 "바퀴처럼 향할 용기"를 가지기 위해 오랫동안 침묵하면서 수행하는 것에 다름 아니다.

꽃과 언어

문덕수(1928~)

언어는
꽃잎에 닿자 한 마리 나비가
된다.

언어는
소리와 뜻이 찢긴 깃발처럼
펄럭이다가
쓰러진다.

꽃의 둘레에서
밀물처럼 밀려오는 언어가
불꽃처럼 타다간
꺼져도,

어떤 언어는
꽃잎을 스치자 한 마리 꿀벌이
된다.

우리의 많은 에너지는 나와 타자와 세계를 향해 소통하는데 쓴다. 그 중심에는 언어가, 서로에게 가닿기도, 와닿기도 한다. 어떤 "언어는 꽃잎에 닿자 한 마리 나비가"되어 가닿기도 하지만 어떤 "언어는 소리와 뜻이 찢긴 깃발처럼"와 닿지 못하며 사라진다. "펄럭이다가 쓰러진다" 이때 언어는 공허한 펄럭임이며, 알 수 없는 잡음으로 사라질 뿐이다. 그것이 꽃의 언어라고 할 때, 꽃이 말하고자 하는 꽃말의 의미를 알아차리지 못한다면 '꽃의 둘레에서 밀물처럼 밀려오는 언어"를 들을 수 없다. 주변의 소리를 듣지 못한다면 귀머거리이거나, 상대가 자신의 말을 알아듣지 못한다면 벙어리에 불과할 뿐이다. 소통이라는 것은 '어?'하면, '아!'하는 것과 같이 "꽃잎을 스치자 한 마리 꿀벌"과 같이 달콤하게 젖어드는 것이다.

꽃 한 송이

문정희(1947~)

지난해 흙 속에 묻어둔

까아만 그 꽃씨는 어디로 가 버렸는가

그 자리에 씨앗 대신

꽃 한 송이 피어나

진종일

자릉자릉

종을 울린다

꽃은 '흙 속에 묻어둔' 신비로운 조화를 지닌 존재로서 피어난다. 꽃이 되기 위해서는 겨울을 견뎌야 하며 자신을 어두운 흙 속에서 완전히 무화 시켜야 "그 자리에 씨앗 대신/꽃 한 송이 피어나" 누군가에게 그 향기와 빛깔에 맞는 미소를 줄 수 있다. 우리는 그 꽃을 사랑과 고마움의 표상으로 비유하거나, 그러한 표시적 언어를 대체하는 '비언어적 미감'으로 사용해 왔다. 비록 한 송이 꽃일지라도 형형하고도 다양한 색채와 질감은 마음의 동화적 조형미와 결합되어 부드러운 곡선의 미학으로 다가온다. 소리도 나지 않는데 '진종일 자릉자릉' 심금을 울리는 꽃을 보라. 원래 '꽃씨'였으나, 그렇게 당신 앞에 오기 위해서 '씨'를 버리고 '꽃'만 남지 않았던가. 꽃은 '당신이라는 씨'를 남기려고 '자신의 씨'를 묻은 '사랑의 결정체'가 아닐 수 없다.

묶음

문태준(1970~)

꽃잎이 지는 열흘 동안을 묶었다

꼭대기에 앉았다 가는 새의 우는 시간을 묶었다

쪽창으로 들어와 따사로운 빛의 남쪽을 묶었다

골짜기의 귀에 두어 마디 소곤거리는 봄비를 묶었다

난과 그 옆에 난 새 촉의 시간을 함께 묶었다

나의 어지러운 꿈결은 누가 묶나

미나리처럼 흐르는 물에 흔들어 씻어 묶을 한 단

봄은 어떻게 있는가? 봄이 온다는, 예측은 오랜 '시간의 반복'과 '계절의 순환' 속에서 학습된 것이다. 그 예감은 없었던 것의 출현으로 현실화된다. 사물의 출현은 없음에서 있음으로, 있음은 없음으로 향한다. 시인은 '지는 꽃잎' '우는 새' '따사로운 햇빛' '소곤거리는 봄비' '난의 새 촉' 등을 추적하여 언어로서 사물을 묶고 기록하고 보존한다. 이 '생겨남'은 동시에 '사라짐'의 연속 과정으로 '열흘 동안' '우는 시간' '빛의 남쪽' '골짜기의 두어 마디' '새 촉의 시간' 등으로 적고 있다. 왔다가 살아지는 '존재의 소멸' 앞에서 세계는 '어지러운 꿈결'이라는 것을 깨닫게 한다. 우리의 삶이 "미나리처럼 흐르는 물에 흔들어 씻어 묶을 한 단"이 될 수 없는 것처럼 말이다.

폐선

민병도(1953~)

뜨겁게 끌어안았던
강물을 뒤로 한 채

달빛만 가득 싣고
생을 마친 폐선 한 척,

자신이
건너갈 것도 아니면서
강을 놓지 못하네.

일 년을 한 척의 배라고 한다면 이제 그 배에서 내려야 할 때다. 모든 희망을 '한 해의 돛'에 걸고 쉼 없이 달려왔던 '시간의 닻'이 "뜨겁게 끌어안았던/강물을 뒤로 한 채" 한 해를 정박시키고 있다. 돌아보면 "달빛만 가득 싣고/생을 마친 폐선 한 척" 보이는가. 거기서 당신도 더 이상 꿈을 꾸지 않아도 되는 '놓지 못하는 강'에 서 있는가. 타고 온 배를 짊어지고 갈 수 없듯이 슬픔과 고통도 지나가고 있으니, 지나온 것은 지나간 데로 폐선에 담아 내려놓으리. 그래야 모름지기 밝아올 '새해의 강'에 '희망의 닻'을 올리고 '꿈의 돛'을 펼치며 건너갈 수 있지 않겠는가.

망忙을 보다

박무웅(1944~)

망忙을 본다는 것은/ 망亡을 보는 것이다.

나의 온갖 부끄러운 행동들이 모두
조급하게 서두르는 것은
망亡을 보았기 때문이라는 것을.

산을 오르다 만난 박새둥지에서
털도 나지 않은 망亡을 보았다.
망보기가 떠난 곳은
망忙이 뚫린 곳이다.
허술하게 썩어가는 둥지 안이
나의 이곳 저 곳일지도 모른다는
불안감이 들었다.

하나의 단어가 많은 의미를 생산해 내는, 시일수록 상징적인 가치를 지닌다. 시는 일반적인 것에서 시작되지만 언어화되면서 다의적인 의미로 발전한다. 우리가 살고 있는 복잡한 세계를 이해하기 위해서는 '일상적 언어'로서는 존재 의미를 타진하기 어렵기 때문이다. '망'은 빠르다는 뜻 '망忙'과, 소멸한다는 뜻 '망亡'으로 읽을 수 있다. 그래서 "망忙을 본다는 것"과 "망亡을 보는 것"은 '망'이라는 동일한 단어이지만 분명한 차이로 나타난다. 망은 빠르게 가는 것과 소멸해 가는 것을 동시에 보는 것이다. "조급하게 서두르는 것"도 소멸해 가는 "나의 온갖 부끄러운 행동들"에서 유례된다. 나를 응시하는 일이야말로 '허술하게 썩어가는 박새 둥지 안'에 있는 자신을 발견하는 것이다. 이곳은 "망보기가 떠난 곳"이면서 "망忙이 뚫린 곳"으로서 "나의 이곳 저곳일지도 모른다는" 죽음 앞에선 인간의 불안하고 연약한 존재적 해석에 도달하고 있다.

근황

박미산(1954~)

일곱 번째 목뼈 속에서
흰 구름이 말을 한다
습관적으로
속으로만 짜던 무늬
내 몸을 입고 나온 구름이
필름에 앉아 있다
긴 시간을
오래오래
함께 갈 구름인데
뭉개진 흰 구름에
검은 비가 내린다
아프니?
오, 제발

사랑을 엑스레이처럼 투사하여 들여다본다. 그 사랑이 당신을 위해 얼마나 아파했는지, 그리고 어디 가 아픈지 한 장 필름에 내면이 현상된다. 이 시는 사랑을 지탱하던 척추가 세월의 녹이 슬어가는 것을 인화해 준다. 당신을 위해 "속으로만 짜던 무늬"가 구름 사이로 펼쳐진다. 그런데 당신을 태우고 온, 그리고 '함께 갈 구름'은 '긴 시간 뭉개진 흰 구름'으로 너무 닮아있다. 여기서 내리는 '검은 비'는 '고통의 수핵'으로써 당신이 준 오래된 증상으로 판독된다.

사랑은 없다

박영우(1959~)

그녀가 내게서 등을 돌릴 때
사랑은 빗소리처럼 쓸쓸했다.
혼자서 돌아오는 길 위에
빗줄기처럼 쏟아지는 허무를
온몸에 맞으며 나는,
오직, 같은 말만을
되뇌이고 있었다.

해피엔딩으로 끝나는 영화는 사기라는 것을
사랑은 언제나
제자리에 없다는 것을.

인간은 소유하지 않고 살 수 없다. 소유는 끝없는 욕망의 움직임이며 실체화된 '욕망의 성취'다. 무엇을 욕망하는가는 무엇을 소유하고 싶은가를 정하는 척도다. 욕망은 소유로 나타나고, 소유는 욕망을 통해 그 가치를 인정받는다. 무소유는 무엇인가? 무소유란 소유하지 않는 것이 아니라 소유의 집착으로부터 벗어나는 것이다. 더 많이, 더 좋은, 더 새로운 것을, 영원히 가지고 싶은 욕심을 버리는 것으로써 욕망으로부터 해방될 수 있다. 사랑도 그렇다. 사랑은 왔던 곳에 머물러 있지 않으므로 '허무'하게 변화기 마련이다. "사랑은 언제나/제자리에 없다는 것을" 알라. 그렇다면 '등을 돌'린 당신의 사랑도 영원해질 것이다.

황태덕장

박일만(1959~)

그래도 왜 외롭지 않겠는가
올해나 작년에 다녀간 식솔들의 흔적위에서
혹한을 견디는 일

맨살로 얼다 녹으며 세상 건너가는 나의 계절은
힘줄 만큼이나 질긴 것이네

살갗을 찌르는 동해의 바람
드디어는 조금도 아프지 않네

치열하게 산다는 것은 삶의 현장에서 자신을 온전히 걸어놓는 일이다. 언제 추락할 줄 모르는 곳에 인생을 매달고 인내해야 하는 역경은 누구에게나 녹록치 않다. 마치 추위에 온몸을 걸어놓은 명태와 같은 세월을 보내는 것이다. "왜 외롭지 않겠는가"라는 명태의 독백은 "혹한을 견디는 일"을 감당하고 있는 현대인을 대변해 준다. 혹독한 세상의 허공에 육체를 펼치고 "맨살로 얼다 녹으며"를 반복하는 일상성의 날 이미지를 통해 고투하는 현실에의 '힘줄 만큼이나 질긴' 풍경을 건져 올린다. 또한 '살갗을 찌르는' 고통 속에서도 그 아픔을 "조금도 아프지 않네"라는 아이러니를 보면서 비극을 미학적으로 승화시키는 깨달음을 마주할 수 있게 된다.

존경의 기호

박정석(1980~)

고양이가 얼굴을 핥았다
지금 개가 달려와 발가락을 핥는다

물고기의 혀를 본 적 있는가
맛을 알고 있기 때문에 혀는
사랑을 나누고 조롱을 한다
쓰다고 말한다

씻는 것과 말리는 것이 하나인 동물의 혀처럼
전신을 핥고 싶다
부위의 맛을 온몸으로 느끼면서
사랑을 감별하면서

암컷을 따르는 수컷처럼 입술을 뒤집고
당신의 눈을 혓바닥으로 닦아준 적 있다

존경심은 권위에서 생기는 것이 아니다. 제도와 질서 속에서 인정되는, 권위는 권한에서 나오며 권한을 사용해서 우리를 복종하게 한다. 심지어 자신의 뜻과 다르게 굴복하게 만들어 버린다. 어쩔 수 없는 상황에서 '얼굴을 핥고 발가락을 핥는다' 마음에도 없는 이러한 비굴함은 어쩌면 현실에의 권위를 '조롱'하는 아이러니한 행동인 줄도 모른다. 반대로 존경은 권위 없이도 "온몸으로 느끼면서" "사랑을 감별하면서" 우리를 굴복시킨다. 선행적으로 "암컷을 따르는 수컷처럼 입술을 뒤집고/당신의 눈을 혓바닥으로 닦아준 적 있"어야 최소한 존경받을 수 있게 된다.

자반고등어

박후기(1968~)

가난한 아버지가 가련한 아들을 껴안고 잠든 밤

마른 이불과 따끈따끈한 요리를 꿈꾸며 잠든 밤

큰 슬픔이 작은 슬픔을 껴안고 잠든 밤

소금 같은 싸락눈이
신문지 갈피를 넘기며 염장을 지르는,
지하역의 겨울밤

세상에 모든 새끼는 사랑스럽지 않던가. 그것이 집 없이 떠도는 '지하역의' 노숙자의 자식일지라도 아버지는 자식을 위하여 기도한다. "가난한 아버지가 가련한 아들을 껴안고 잠든 밤" 아버지는 자식을 위해 "마른 이불과 따끈따끈한 요리를 꿈꾸며" 추위와 배고픔을 달랜다. 아버지라는 "큰 슬픔이" 자식이라는 "작은 슬픔을 껴안고" 슬픔이 슬픔을 신문지 한 장으로 덮어주고 있다. 저녁에 내린 '소금 같은 싸락눈이' "신문지 갈피를 넘기며 염장을 지르는" 자반고등어와 같이 건너가는 '겨울밤'을 보면, 사소한 허물로 서로를 할퀴던 지난날들의 상처가 눈물같이 짜다.

흠집

박후기(1968~)

이가 깨져 대문 밖에 버려진 종지에

키 작은 풀 한 포기 들어앉았습니다.

들일 게 바람뿐인 독신獨身,

차고도 넉넉하게 흔들립니다

때론,

흠집도 집이 될 때가 있습니다.

홀로된다는 것은 외로운 시간을 견디는 것이다. 더구나 누군가의 도구로 쓰이다가 버림받는 것만큼 슬픔일 이 없다. 말로 형언할 수 없는 텅 빈속을 차갑게 드러낸 것이다. 여기서 바닥의 고통을 경험하게 되는데, 인생이 두 갈래로 나눠지는 듯하다. 예컨대 성찰과 인내로서 성장이 되기도 하지만 충동과 무절제로서 파탄을 맞기도 한다. 그렇다면 바닥에서 성장이 나온 게 아니겠는가. 바닥을 친 공이 튀어 오르듯 강하게 떨어질수록 그 힘은 반동이 생긴다. 깨지고, 부서지고, 넘어지는 순간은 아프지만 그 자리에서 다시 일어설 수 있는 건 '희망'이 있기 때문이리라. 철저하게 버림받아 독신이 되었을 때, 누군가를 맞이할 여유가 생기는 것처럼 흠집 많은 당신 인생도 새해 들어 넉넉한 안식이 된다면 행복하겠다.

노란 종이배
– 세월호 0509

방민호(1965~)

그해 오월은 추웠다고 쓰겠지

먼먼 오월처럼 그해 오월도 추웠다고

사월부터 일찍 죽도록 추웠다고

그해에 죽음은 노란 빛이었고

사람들은 가슴에 노란 리본 꽂고

전경들 버스에도 노란 배가 달렸다고

종이배가 밀물에 서울로 떠밀려 와

그해 슬픈 빛깔은 노란 빛이 되어

사람들은 노란 리본 가슴에 달고

노란 종이배를 광화문에 띄웠다고

4월을 채색하고 있는 노란색을 "지금까지 감추어져 있던 사실을 인식하도록 만드는 색상이다." 스에나가 타미오가 말했다. 그에 따르면 노랑은 숨겨진 사실에 빛을 비춘다. 노란 리본이 등장하게 된 것은 개나리 피는 지난해 4월 16일 세월호 실종자의 무사귀환을 바라는 우리 마음이 SNS 프로필 사진을 노란 리본 이미지로 사용한 데서 비롯됐고, 5월에는 지구적인 캠페인으로 확산되었다. 시인은 "사월부터 일찍 죽도록 추웠다고/그해에 죽음은 노란빛이었고"라고 기록하며 '세월호 추모 시집'에서 "내 고통은 바닷속 한 방울의 공기도 되지 못했네" 시인의 「노란 종이배」는 바다 깊숙이 침몰한 세월호를 우리들 애타는 가슴에서 떠오르게 하고 '증언, 애도 그리고 치유의 빛'이 되어 '어두운 진실'을 향해 출항한다. 보아라, 누구나 '노란 종이배'를 띄울 수 있지만 아무도 '노란 종이배'를 막을 수는 없다.

빙의

방민호(1965~)

사랑하는 사람이여

당신과 난 이렇게 멀리 떨어져 있는데도

신은 내 아픈 눈동자 속으로 내 안에 들어와

나는 당신이 하고 싶은 말을 하고

당신이 먹고 싶은 것을 먹고

당신이 가라는 곳으로 가

당신의 모습으로 앉아 있다오

사랑이 깊으면 아픔도 깊어

나는 당신이 아픈 곳에 손을 대고

당신과 함께 웃지

끝없는 그리움은 영원히 만나지 못하고, 볼 수 없는 사람을 향해 고정된 '마음의 창'이다. 기다려도 오지 못하는 이승에의 애절함은 이성을 전복시키며 꿈, 환상을 통해 "당신과 난 이렇게 멀리 떨어져 있는데도" 만난다. 이보다 더 절실한 사랑은 환영을 넘어 당신의 "신은 내 아픈 눈동자 속으로 내 안에 들어와" 동일자적 시선으로 동화되기도 한다. 당신이 '하고 싶은 말을 하고, 당신이 먹고 싶은 것을 먹고, 당신이 가라는 곳으로 가서 당신의 모습으로 앉아 있다' 이것은 "사랑이 깊으면 아픔도 깊어" 사별한 사랑에 대한 죄책감에서 온 것이며, "나는 당신이 아픈 곳에 손을 대고" 모노 드라마틱한 '영적 재현'을 통해 죄의식을 '당신과 함께' 해소시킨다. 지젝은 '억압은 돌아온다'라고 말 한 프로이드의 '무의식의 언어'를 빌려 "채무 변제를 위해 죽은 자가 귀환한다"라고 했는데, 너무 아픈 '사랑의 빙의'도 다르지 않다.

모과

서안나(1965~)

먹지는 못하고
바라만 보다가
바라만 보며
향기만 맡다
충치처럼 꺼멓게
썩어 버리는

그런 첫사랑이
내게도 있었지

의미하는 것과 의미되는 것은 다르다. 가령 첫사랑은 최초로 느꼈거나 맺은 사랑인데, 그것은 '의미하는 것'이고, 그것을 경험한 사람은 첫사랑을 그것으로 '의미되는 것'이다. 여기서 사랑을 느낀다는 것은 일방적으로 가능하지만 맺는다는 것은 상호적일 수밖에 없다. 순수의 차원에서 첫사랑은 이뤄진 상태가 아닌 그 자체만으로도 충분히 아름답다. 그만큼 불순한 감정이 배제된 순수성은 가을 하늘같이 '코발트블루의 마음'을 가졌다고 할 수 있다. 사랑이 익을 때까지 "먹지는 못하고/바라만 보다가/바라만 보"는 가슴은 어떠한가? 그 속을 들여다보면 "향기만 맡다/충치처럼 꺼멓게/썩어 버리는" 시간을 지나온 당신의 '첫사랑'은 의미하는 것을 넘어서 '의미되는 것'으로 남아있지 않던가. 아직도 가을이면 "그런 첫사랑이/내게도 있었지"라고 충치 먹은 가슴을 설렌다.

돌탑

서정화(1977~)

돌 하나 올리려다

비우고 털어낸 마음

열 손가락 깍지 끼고

눈귀 열어 듣는 말씀

내 안에

연꽃무늬로

탑이 하나 솟는다

'쌓다'라는 동사는 '정성'이라는 심층적 의미를 거느리고 있다. '돌 하나'를 올린다는 것은 바탕이라는 표면 위에서 작동하는 심리기제다. 목적과 방향이 분명하고 절실할수록 진심으로 정신에 도달하며, 오롯이 그 돌은 '석재의 일부'가 아니라 '세계의 전체'가 된다. 그렇다면 이 세계를 한 번에 들어 옮긴다는 것은 불가능하다. 지난한 고뇌와 감득으로서 생긴 미의식은 "돌 하나 올리려다/비우고 털어낸 마음"일 수밖에 없는 것이다. 이른바 돌탑은 "열 손가락 깍지 끼고" 드린 기도와 "눈귀 열어 듣는 말씀"으로 축성된 '성스러운 건축물'이라고 할 수 있다. "내 안에/연꽃무늬로/탑이 하나" 있는 당신도 그것을 쌓으면서 흐르는 눈물이 새벽이슬로 바뀔 때까지 '첩첩의 공'을 드리지 않았던가.

갈대

신경림(1935~)

언제부턴가 갈대는 속으로
조용히 울고 있었다.
그런 어느 밤이었을 것이다. 갈대는
그의 온몸이 흔들리고 있는 것을 알았다.

바람도 달빛도 아닌 것.
갈대는 저를 흔드는 것이 제 조용한 울음인 것을
까맣게 몰랐다.
—산다는 것은 속으로 이렇게
조용히 울고 있는 것이란 것을
그는 몰랐다.

우리는 자신의 마음을 한 번도 본 적이 없다. 마음은 색깔이나 형태가 없기 때문에 만지지 못하며, 생각으로 그것을 좇아 표상된 언어로 담아낼 수밖에 없다. 그러나 인간의 생각은 저마다 시시각각 변질되기 때문에 표현했을 때, 본래의 마음을 드러내는 것인지, 왜곡된 것인지 알 수 없다. 자신을 들여다보고, 그 속에 있는 진정한 자아를 안다는 것은 흙탕물 속에 있는 진주를 발견하는 것 보다 어렵다. 마음은 "바람도 달빛도 아닌 것"이 한 곳에 있지 않고 흔들리기 때문에 잡을 수가 없다. 다만 '산다는 것은 속으로 이렇게 조용히 울고 있는 것'이라는 내면의 울음을 통해 자신을 흔드는 것이, 마음이라는 사실을 느낄 수 있을 뿐이다.

너를 위한 노래 1

신달자(1943~)

어디까지 갈지 나도 몰라

강물 따라 가노라면 너 있는 곳

바로 보이는지 그것도 몰라

다만 나 지금은

내 몸에서 깨어나는 신선한 피

뜨거움으로 일렁이는 처음 떠오르는 말을

하루 한 편의 시로 네게 전하고 싶다

여전히 많은 사람들은 살아감의 이유를 사랑으로부터 찾는바, 그러한 상대의 있음은 존재감의 시작이다. 이것은 인연으로 된 '관계 맺음'이며, 몸과 몸이 교합된 '에로스적인 사랑'을 의미하기도 한다. 나의 길은 오로지 상대의 길 위에 있는 것이며, 나는 온전히 '너를 위한 노래'가 되는 것이다. 누군가의 노래가 된다는 것은, 자신이 주체가 아니라 상대가 주체가 되는 것이며, 상대를 위해 나는 자동적으로 불려진다. 그 노래는 "어디까지 갈지 나도 몰라/강물 따라 가노라면 너 있는 곳"이라면 어디인지 길을 묻지 않으며, 가는 길이 맞는지 의심하지 않는 "바로 보이는지 그것도 몰라" 날마다 사랑이 곁에 있다는 자체가 중요하다. "내 몸에서 깨어나는 신선한 피"의 생성은 그와 같이 아침을 맞이하며 현실을 살아갈 수 있다는 '삶의 피스톤'이 된다. 누구나 사랑을 하면 시인이 된다는 말이야, 말로 "뜨거움으로 일렁이는 처음 떠오르는 말을/하루 한 편의 시로 네게 전하고 싶다"고 생각하는 당신, 인연을 만난 날 이미 서로에게 아름다운 '한편의 시' 인줄 몰랐는가.

꿈

신승철(1953~)

꿈속에서 깨진 바가지로

한강물을 한꺼번에 다 퍼냈는데도

바가지 밑으로 물 한 방울 새지 않았다.

꿈에서 깨어난 뒤 말했더니

사람들은

한강물은 일찍이 흐른 적이 없었다고 한다.

꿈은 무의식에서 보이는 연속적인 이미지의 심리 현상이다. 수면상태의 뇌수 활동으로 일어나는 표상을 '꿈의식'이라고 하며, 깨어난 후에 회상하는 것을 '꿈의 내용'이라 한다. "깨진 바가지로/한강물을 한꺼번에 다 퍼냈는데도/바가지 밑으로 물 한 방울 새지 않았다."는 물샐틈 없는 인간의 욕망을 보여주는 꿈의식이며, 그것을 "꿈에서 깨어난 뒤" 사람들에게 말하는 것은 꿈의 내용이 된다. 그러나 꿈이라는 무의식의 비이성적 또는 현실이라는 의식의 이성적 경험 모두 주관적일 수밖에 없다. 우리의 행동은 세계 속 욕망이라는 꿈속에서 또 다른 꿈을 꾸는 것처럼 '한강물은 일찍이 흐른 적이 없었'는데도 불구하고 '무의식의 신기루'를 만든다. 그것을 소유하려는 '욕망의 담장'을 벗어나지 못하는 오늘도 '겹겹의 굴레'에서 너무도 깊이 잠들어 있다.

불투명한 영원

신철규(1980~)

손바닥을 종이에 대고 펜으로 손의 윤곽을 따라 그린다
손목 위쪽은 닫히지 않는다

바닥에 찍힌 십자가 그림자
우리는 수수께끼 앞에 서 있다

해변으로 밀려오는 손목들
불붙은 커튼

하늘은 주먹으로 두드려 맞은 것처럼 울퉁불퉁하고
나무들은 게으르게 흔들린다
흔들리지 않는 슬픔

물속에 손을 넣으려고 하면
손을 잡기 위해 떠오르는 손이 하나 보인다

시계에 물이 찼다
기도가 끝났다

시인이 말하고자 하는 대상은 말해지는 지시 기호 사이의 연관성을 통해 그 의미가 확산된다. 실제 하지 않거나, 존재하지만 보이지 않는 '불투명한 영원의 언어'는 그것을 지시하는 상징어로 편재되기 마련이다. 말하자면 "손바닥을 종이에 대고 펜으로 손의 윤곽을 따라" 그린다고 할 때 손바닥은 영원히 기거하는 대상의 공간이며, 종이와 펜은 그것을 지시하는 기호로서 '손목 위쪽' 어딘가에 있을, '영원의 윤곽'을 감각적으로 투사시킨다. '바닥에 찍힌 십자가 그림자' '해변으로 밀려오는 손목들' '불붙은 커튼' 등이 상징하는 것 역시 가시성으로 영원이 연원하는 불가시성을 인식하는 역할을 한다. '흔들리는 나무'와 '물속에 손' 그리고 '시계에 물'과 '기도' 등은 대상 자체를 형상하는 것 보다 대용적인 것으로써 형이상학적인 '비대상의 수수께끼'를 풀어가는 방식이 아닐 수 없다.

기러기 행군

오세영(1942~)

하늘 전광판電光板에

문자 뉴스 몇 줄 떠오르며 스쳐 간다.

겨울 전선戰線 급속히 남하 중,

지나가던 허수아비들이

일제히 멈춰 서서 허공을

바라보고 있다.

하늘은 하나의 채널이지만 무한한 용량과 크기의 스크린을 가졌다. 태초부터 한 번도 꺼진 적 없는 '하늘 화면'은 수없이 많은 볼거리를 제공해 왔다. 그러나 하늘이 보여주는 그것은 고개 들어 보는 자의 몫이며, 그것을 헤아릴 줄 아는 자의 것이 된다. 철새들이 날아오는 겨울 이맘때 즈음, 기러기들의 행렬은 "하늘 전광판(電光板)에" 자막 방송이라도 하듯이 줄지어 지나가기도 한다. 마치 새들은 "문자 뉴스 몇 줄 떠오르며 스쳐"가지만 동일한 시선이 아니라 사람마다 다르게 읽힌다. 이처럼 기러기 무리 이미지는 여러 가지의 의미를 담고 있는데, 이러한 의미는 개별적인 상상을 통해 파악되는 것이다. 새떼를 일렬로 배열된 절도 있는 군인들의 '행군'이라고 한다면 '겨울 전선(戰線)'에 '급속히 남하'하는 전투적 형상으로 보게 된다. 그것을 바라보는 우리는 순식간에 텅 빈 채 '허수아비'와 같이 무방비 상태에서 "일제히 멈춰 서서 허공을/바라보고" 있을 뿐이다. 땅을 벗어난 허공에서 쓰는 '새들의 문장'에서 당신은 무엇을 읽고 있는가. 혹은 사회라는 구조 속에서 당신은 무엇을 쓰고 있는가.

그 여름, 화엄의 숲

오종문(1959~)

총총한 별 몸을 던진 산문에 들어설 때

뜨겁게 우는 풀벌레 제 생을 다 비우고

적막은 물소리보다

산보다 더 깊어진다

산이 높으면 계곡도 깊다. 여름 산이 깊은 것은 골자기마다 빽빽하게 우거진 녹음이 있기 때문이다. 마찬가지로 당신 주변에 산과 같은 깊이를 가진 사람이 있다면 형언할 수 없이 안온하지 않겠는가. 그러한 깊이를 가진 사람은 분명히 세상의 모든 집착에서 벗어난 '산문의 세계'에서 우리를 맞이할 것이다. 그것의 밝기는 길을 밝히는 '총총한 별'이 되며, 그 몸은 '산문'과 같이 청청할 것이며, "뜨겁게 우는 풀벌레"를 잠재우 듯 당신의 슬픔도 비워 줄 것이 아니겠는가. 그렇게 찾아오는 고요함은 "물소리보다/산보다 더 깊어"진 산중문답의 적막한 바람과 같은 '불립문자의 숲'에 들게 한다.

3부

시인이 말하고자 하는 대상은
말해지는 지시 기호 사이의 연관성을
통해 그 의미가 확산된다
실제 하지 않거나,
존재하지만 보이지 않는
'불투명한 영원의 언어'는
그것을 지시하는
상징어로 편재되기 마련이다

위험한 동거

우경주(1956~)

머리를 풀어헤친 칡넝쿨이 발목을 휘감는다
질긴 손아귀 같은
덩굴 밑에 켜켜이 쌓인 음지가 있다
무성한 푸른빛 속에 살기를 숨기며
큰 소나무를 포박중이다
바람결에 날아와 어느새 터를 잡고
야금야금 파고들며 휘어잡더니
제 뿌리를 땅 속 깊이 묻고 끝없이 뻗어가는
저 치명적인 호의,
누대를 이어온 그들의 보행법이다

현실은 화합과 배반이 공존하는 모순으로 도착해 있다. 여기에는 거짓과 진실이 혼재하며, 거짓의 얼굴을 한 진실과, 진실의 얼굴을 한 거짓이 착종된, 이 세계는 갈등의 넝쿨이 서로를 감싸며 운신한다. 양립할 수 없는, 이러한 갈등(葛藤)의 어원은 '칡과 등나무'에서 비롯되었다. 칡 나무는 왼쪽으로 휘감고, 등나무는 오른쪽으로 휘감으며 자라는데, 서로의 사정에 따라 하나 되지 못하고 얽혀있는 것을 말한다. 이들은 맞설수록 둘 중에 하나, 혹은 둘 다 죽을 수밖에 없는 '갈등의 운명'이다. 요컨대 "머리를 풀어헤친 칡넝쿨이 발목"을 잡고 있는 형상을 하고 "덩굴 밑에 켜켜이 쌓인 음지가" 있을 뿐이며, "무성한 푸른빛 속에 살기를 숨기며" 가면을 쓰고 있다. 혼란과 불화를 표상하는, 이 광경은 "누대를 이어온 그들의 보행법"이 아닐까? '욕망의 걸음'이라고 할 수 있는, 이 보행법은 "땅속 깊이 묻고 끝없이 뻗어가는" 뿌리같이, 오늘도 '야금야금' 우리의 목을 조이며 온다.

소나무

유자효(1947~)

생각이 바르면 말이 바르다

말이 바르면 행동이 바르다

매운바람 찬 눈에도 거침이 없다

늙어 한갓 장작이 될 때까지

잃지 않는 푸르름

영혼이 젊기에 그는 늘 청춘이다

오늘도 가슴 설레며

산등성에 그는 있다

당신은 자신의 청춘에게 잘 했다고 말할 수 있는가. 바른 생각으로, 바른 말로, 바른 행동으로 살아왔는지 궁금해진다. 그렇다면 "매운바람 찬 눈에도 거침이 없"는 청춘을 보냈다. 발이 퉁퉁 불어서도 불평 없이 침묵하고 있는, 한그루 소나무같이 "늙어 한갓 장작이 될 때까지" 한결같이 자신을 지키며 살아온 것이다. "잃지 않는 푸르름"이 있기에, 이른바 "영혼이 젊기에 그는 늘 청춘이다" 변화 속에서 변해 온 "오늘도 가슴 설레며 산등성에" 걸어가고 있는, 그를 보면 언제부턴가 푸른 영혼이 변질돼 버린, 나의 청춘이 한없이 초라해진다.

윤동주

유재영(1948~)

자벌레가 기어가면

한 오 분쯤 걸릴까

별과 별 사이에도

등이 파란 길이 있다

조그만 소년 하나가

말끄러미 쳐다보는,

'하늘과 바람과 별과 시'를 쓴, 별의 시인 윤동주가 태어 난지 100주년이 되었다. 시인이 상상하던 별은, '자벌레'의 작은 걸음으로 '별과 별 사이'를 기어가도 '오분쯤' 걸리는 '동심의 거리'에 있는지도 모르겠다. 그러한 '조그만 소년 하나가' "죽는 날까지 하늘을 우러러/한 점 부끄럼이 없기를,/잎새에 이는 바람에도/나는 괴로워했다./별을 노래하는 마음으로/모든 죽어가는 것을 사랑해야지./그리고 나한테 주어진 길을/걸어가야겠다." 자신을 통렬하게 참회하며 '말끄러미 쳐다보는' 밤하늘에 떠있는 별 하나를, 나도 따라서 생각한다. 따듯하게 살지 못했던 지난날 부끄러운 세월이 스치며 지나간다.

엄마 딸이 더 좋아

유안진(1941~)

붕어빵에 붕어 없고
국화빵엔 국화 없네
내가 노래하면
칼국수엔 칼이 없고
빈대떡엔 빈대 없네
따라하는 엄마

없어서 좋은 것도 참 많겠지
내 맘에도 내 마음이 없어지면
내 속에도 내가 없어지면
그래도 엄마 딸이냐고 물었더니
엄청 깊고 넓은 큰 사람이 될 거란다
성자聖者가 될 거란다
성자보다 나는 엄마 딸
이대로가 더 좋아.

자신이 지향하는 모델은 스스로 선택한 타입(type)이지만 부모와 자식 관계는 어느 누구도 채택할 수 없다. 엄마는 아이가 자신에게서 나왔기 때문에 평생을 잘 살아가기를 원하면서 지켜본다. 자식은 '붕어빵에 붕어'와 같이, '국화빵엔 국화'와 같이, '칼국수엔 칼'과 같이, '빈대떡엔 빈대'와 같이 또 다른 닮은 꼴을 발견한다. 세상에는 "없어서 좋은 것도 참 많겠지"만 "내 맘에도 내 마음이 없어지면" 어느 누가 있을까? 엄마는 자식을 위해 열 달 동안 자신을 비워낸 '성자'가 아니겠는가. 높아가는 5월 하늘가 "성자보다 나는 엄마"라는, 고단하지만 보람 있는 이름으로 살다간, 또한 살고 있는 "엄청 깊고 넓은 큰 사람" 하나 '내 속에 내가 없어져도' 여전히 거기에 있다.

사랑의 퍼소나

윤향기(1953~)

이과수폭포에 사는 검정칼새는
노랑구두를 신고 무지개다리를 툭 차며
눈부신 하늘로 솟아오른다

이과수폭포 속으로 검정칼새들이 뛰어든다
굽이굽이 접은 날개를 칼날처럼 푸르게 벼려
쏟아지는 비명 속으로 거침없이 자신을 던진다

내가 그대에게 사랑한다고 했던
말도 저와 같았다

계곡이 험할수록 아름다운 물줄기를 만들어 내듯이 협곡을 지나온 사랑도 그러하다. 사랑에 눈이 먼, 당신은 오로지 한 곳을 향해 날아가는 한 마리 새. 빗발치는 낙수로 무두질 된 차가운 시간을 견디며, 무지개라는 환상 속으로 죽을힘 다해 솟아올랐다. 산맥이 깊고 험해도 물러서지 않고 온몸을 던져서 그대에게 가려고 했던 사랑한다는 그 말, 지금도 기억하지 않던가. 폭포에서 떨어지는 물이 암석을 깎듯이 물보라 치는 당신의 전부를 그대라는 이름에게 벗어 주지 않았던가.

연가戀歌

이근배(1940~)

바다를 아는 이에게
바다를 주고

산을 아는 이에게
산을 모두 주는

사랑의 끝끝에 서서
나를 마저 주고 싶다.

나무면 나무 돌이면 돌
풀이면 풀

내 마음 가 닿으면
괜한 슬픔을 얻어

어느새 나를 비우고
그것들과 살고 있다.

모든 생명체는 서로 주고받고, 생성과 소멸로 운행되기에 '나'라는 존재도 우주를 이루는 구성원에 불과하다. 순환과 재생이라는 영원의 시간 속에서 우리는 "나무면 나무 돌이면 돌/풀이면 풀"과 같이 세계의 소립자로서 살아간다. 자연은 우리에게 "바다를 아는 이에게/바다를 주고//산을 아는 이에게/산을 모두 주는" 것을 보면 "사랑의 끝끝에 서" 있어도 나는 너를, 그리하여 너는 "나를 마저 주고 싶다"고 다짐한다. 나와 네가 없는 대자연의 원리를 통해 사랑으로 화합하는 삶은 "어느새 나를 비우고" 자신도 알지 못하는 사이 "그것들과 살고 있다"는 사실을 느끼게 된다.

자주 한 생각

이기철(1943~)

내가 새로 닦은 땅이 되어서
집 없는 사람의 집터가 될 수 있다면
내가 빗방울이 되어서
목 타는 밭의 살을 적시는 여울물로 흐를 수 있다면
내가 바지랑대가 되어서
지친 잠자리의 날개를 쉬게 할 수 있다면
내가 음악이 되어서
슬픈 사람의 가슴을 적시는 눈물이 될 수 있다면
아, 내가 뉘 집 창고에 과일로 쌓여서
향기로운 향기로운 술이 될 수 있다면

자신의 부모를 사랑하는 것은 마땅한 것이고, 자식을 사랑하는 것은 당연한 것이며, 이웃을 가족처럼 사랑하는 것은 적합한 일이지만 그러한 삶을 산다는 것은 결코 쉬운 일이 아니다. 땅 없는 사람들에게 '땅이 되어서' '집터가' 된다는 것. 메마른 땅에 '빗방울이' 되어서 '목타는 밭'의 '여울물'이 된다는 것. '지친 잠자리'를 잠시 쉬게 하기 위해 '바지랑대가' 된다는 것. '음악이 되어서' '슬픈 사람의 가슴을' 적시는 눈물이 된다는 것. 무엇보다 된다는 것은 조용히 자아를 드러내지 않고 타자와 세계를 위해 발효시키는 과실주와 같이 '향기로운 술'로 향기롭게 익어간다는 것이다.

낫께서 나를 사랑하사

이덕규(1961~)

풀을 베다가 낫 끝에 손등을 찍혔다
순간, 허옇게 눈뜨는 상처를
와락 감싸 쥐고
팽개친 낫 앞에 두 무릎 꿇은 채
엎드려 여러 번 머리 조아렸다

참으려 해도 손가락 사이를 비집고
붉은 눈물이 흘러내린다

상처가 아문다는 것은 실명失明이거나
곧 죽음이니, 맘 놓고 오래 울어라
눈 감을 때까지 아픈, 핏빛 풍경이여!

상처는 멀리서 오지 않는다. 우리와 아주 친근한 곳에서, 너무나 가까워서 방심하고 있는 사이, 예리한 날 끝으로 생채기를 내고 지나간다. 그 작은 상처에서 참을 수 없는, 비명이 새어나온다. 눈을 뜰 수조차 없는 전율이 느껴지면서 실눈같이 벌어지는 아픔의 무게에 당신은 "두 무릎 꿇은 채/엎드려 여러 번 머리 조아렸다" 고통에 고여 있던 "붉은 눈물이 흘러내린다" '통속적인 고통' 속에서 예전에 알지 몰랐던, 그래서 눈을 뜨게 해준 '핏빛 풍경'이 있지 않은가. 울음을 거처라. 선혈이 묻어 있는 당신의 그 사랑도 아물고 있다.

짝

이승은(1958~)

우리 서로 도장 찍은 맹종盲從의 종신 보험

평생 저축해둔 그리운 흉터들을

한쪽이 도질 때마다 갸륵하게, 덮어주는,

반쪽은 한쪽에서 나오며, 한쪽은 반쪽으로 완성된다. 반쪽이 반쪽을 만나 하나가 된다는 것은 짝을 이루는 것이다. 짝을 찾아가는 것은 원래의 자리를 회복하는 과정이지만, 분열된 상태에서 반쪽은 언제나 불완전한, 불안정한, 불안한 존재일 수밖에 없다. 스스로에게 짝이 된다는 것은, 자기를 온전하게 '자기라고 부르는 것'과 다르지 않다. '서로'를 '우리' 안에 편입시키는 '짝의 공간'에는 선과 악을, 옳고 그름을, 참과 거짓을 가리지 않고 죽는 날까지 순종하는 것인 바, 서로의 이름을 새긴 "맹종盲從의 종신 보험"에 낙관을 찍는 행위일 수밖에 없다. 그리움도 흉터도 애증으로 축적되면서 낡아가는 반쪽이 반쪽을 "갸륵하게, 덮어주는" 당신도 한쪽에서 나온다.

가을의 뒷모습

이승하(1960~)

깨끗하게 헤어지는 법을 배워야겠네
여름 내내 떨어지지 않을 것처럼
꼭 붙어 지낸 나뭇가지와 잎사귀
바람 부는 날 서둘러 헤어지는구나
뒷모습을 오래 보았지 뒤돌아보지 않고
인파에 휩쓸려 사라져버린 그대
쓸쓸한 등이 눈에 밟히고
잘 지내요 힘없는 그 말 귓가에 맴도는데
이 거리를 혼자 걸을 수밖에 없다
그대 쓸쓸한 뒷모습을 기억하는
겨울이 온다 앙상한 가지만 남은 겨울이

모든 살아 있는 존재의 뒷모습과 그 뒷모습을 보는 사람은 쓸쓸하다. 정면에서 보이는 강한 생명력도 그 뒤를 보여 줄 때, 빛이 바래고 어두워 보인다. 낙엽 물드는 10월의 마지막 날 우리는 절정에 이른 '가을의 뒷모습' 속에서 생명에의 근원적 외로움을 발견한다. 또한 거기서 '깨끗하게 헤어지는 법'을 찾아 "여름 내내 떨어지지 않을 것처럼/꼭 붙어 지낸 나뭇가지와 잎사귀"에서 '서둘러 헤어지는' 이별을 배운다. '뒤돌아보지 않고' 순식간에 나무에서 하강하는 낙엽을 보면, 어느 날 "인파에 휩쓸려 사라져버린 그대" 가슴 아픈 사랑과 같이 아직도 "쓸쓸한 등이 눈에 밟히고" 있지 않은가. "잘 지내요" 말하고 떠나버린 '그대 쓸쓸한 뒷모습을 기억'하는 10월의 마지막 거리에 서면 지나온 빛바랜 시간이 굴러다니다가 앙상한 얼굴로 마주치기도 한다.

지금

이승훈(1942~)

커다란 고요가 있고

여름 해가 있고

흘러간 존재의 모습이 있다

네가 떠난 다음

마지막으로 지상에 남은 것

세계는 우리가 알아듣지 못하는 수많은 소리로 가득 차 있다. 인식하지 못하는 시끄러운 것들은 사실상 공허한 잡음이며, 역설적으로 '커다란 고요'에 불과할 뿐이다. 내 안에 없는 것들, 여기 속하지 않은 것들은 세상엔 있지만 내게 없는 것이며, 때로는 있으나 마나 한 것으로써 그 자체로 가치를 말할 수 있으나, 상대적으로 유의미를 가동하지 못한다. 시조시인 조오현 스님은 이것을 본질적인 것에 비유하면서 "삶이란 '지금 여기'에 있는 것"이라고 설법한 적이 있다. 반대로 '지금 여기' 없는 것들은, 삶의 경계 밖에 있으므로 지금 내게 있다고 말할 수 없다. 또한 '지금 여기' 있는 것은 그대로 있어 왔던 것이 아니라 나름대로 삶이란 뜨거운 '여름 해'에 그을리면서 흘러온, 혹은 '흘러간 존재의 모습이' 이른바 지금이 되는 것이다. 그렇다면 우리 모두 어디론가 사라지겠지만 '떠난 다음' 무엇이 남겠는가. 결국 '마지막으로 지상에 남은 것'은 당신이 힘들다고 입버릇처럼 말하는, 가시밭길과도 같은 '바로 지금' 이 아니겠는가.

개

이영광(1965~)

개는 꿈같다
꿈처럼 교미하고
꿈처럼 짖고
꿈처럼 졸고
꿈처럼 흙을 파고
꿈처럼 낳고
수육이 되고
탕이 되고

그 새끼들, 다시 꿈처럼
교미하는 한낮
누가 저 검붉은 성기들을
용접해놓았나

성기에서 흘러내리는
뽀얀 정약처럼
정액 속을 달려가는
정자들처럼
어디선가 어디론가
한 번도 얼굴을 본 적 없는
피 묻은 현실이 지나간다

이 시의 개는 우리가 아는 게가 맞다. 개의 옷을 입고 두 발로 꿈을 좇아 행복이라는 땅을 파는 그런 짐승을 누가 사람이라고 불렀던가. 그렇지만 부끄럽지 않은 것은 우리 조상들도 세상이라는 들녘에서 무리 지어 부-더럽게 번창하여 왔으니 지금 개로 죽는다 해도, 다시 개로 환생한다 해도 슬프지 않다. 추위가 풀릴 것 같지 않은 오늘도 우리는 사랑이 피었던 곳에 그 사랑을 처음인 듯 심는다.

강물을 보면서

이영춘(1941~)

내 가슴에 상처를 남기고 떠난 사람들
용서하자, 용서하자 하면서도
저 강바닥의 수심 같은 옹이 하나,
한 사람이 또 한 사람의 등을 밟아야 오를 수 있는
저 물살의 무게,
그들도 내 등을 밟고 가느라 꽤도 힘들었을 게다
내 등에 박힌 상처, 상처에서 불꽃 수시로 피어오르는데
오늘 이 강에 이르러서야 물결처럼 놓아 주어야 한다는 생각,
생각의 깊이로 돌아가 누워야 할 물의 심지
그 심지에 이르러 나를 버리는 일,
상선약수上善若水이리라

상처를 덮기 위해 우리는 누군가에게 더 큰 상처를 만들었다. 자신의 빈틈만큼 남의 흉터에 집을 짓는 것을 스스로 허용하면서 흘러왔다. 물과 같이 가벼워지기 위해 "강바닥의 수심 같은 옹이 하나" 모르는 척, 깊도록 잠재우면서 "한 사람이 또 한 사람의 등을 밟아야 오를 수 있는/저 물살의 무게"를 넘어 '위선의 부력'을 행사하면서 '삶의 자장'을 넓혀온 지난날. 내가 그들의 등을 밟고 갔듯이 돌이켜보면 "그들도 내 등을 밟고 가느라 꽤도 힘들었을 게다" 당신이라는 강물은 옹이를 드러내며 "오늘 이 강에 이르러서야 물결처럼 놓아 주어야 한다는 생각"으로부터 시작된 '물의 심지'를 보는 순간, '생각의 깊이'는 그동안 길고도 깊게 늘어트려 온 욕망이라는, 그 생각마저도 돌아가 버리고 싶다.

연탄재

이은봉(1953~)

소신공양燒身供養이라더니……
제 몸 허옇게 태워,

사람들 밥 짓다가 스러졌구나

부처님 마음으로
아직도 미아6동 산동네,

온통 끌어안고 있구나

한 토막 숯의 마음조차
죄 벗어 던진 채.

모든 것은 생성과 소멸 사이에 있다. 생성은 소멸로 이동하며, 소멸은 생성을 파괴한다. 이 가운데 소멸이 생성을 거부하거나, 배반하는 것만이 존재하지 않는다. 한편에서 생명이 태어나는 것 같이, 한편에서는 늙고 병들고 사라져가면서도 '소신공양'처럼 "제 몸 허옇게 태워" 또 다른 생명을 있게 한다. 골목에 버려진 '연탄재'는 "사람들 밥 짓다가" 그 생명이 꺼져서도 하얀 얼굴로 "미아 6동 산동네"를 환하게 밝힌다. 이것이야말로 인간의 죄업과 고뇌를 고통으로 녹여 열반에 들어가신 '부처님 마음' 아니겠는가. 우리도 물질에 스며있는 '한 토막 숯의 마음'을 안다면 불길에 눈 녹듯 "죄 벗어던진 채"로 한 해를 저물게 할 수 있으련만.

악기점

이재무(1958~)

몸속 우후죽순 들어선 악기점

저마다의 빛깔로 악기들은 울어댑니다

세상 소음들을 밀어내려고

쟁쟁쟁 배고픈 악기들이 울고

나는 음을 조율하는 악사가 되어

자꾸만 칭얼대는 수많은 나를 달래봅니다

바람이 불면 가지 많은 나뭇잎은 그 수만큼 나부낀다. 잎사귀는 나무의 몸통을 뚫고 나온 것이므로 생체기에서 돋아난 고통의 자취. 이른바 나무가 흔들린다는 것은 그 하나하나로 연결된 현악기와 같이 온몸에 사숙하는 울림의 현현과 같다. 숱한 아픔을 숨기고 있는 당신도 "몸속 우후죽순 들어선 악기점"이라는 사실을 모른 척, 혹은 모른 채 살아간다. 그렇지만 여름이라는 열정과 정념이 식어가는, 바람 부는 어느 날 몸속 깊이 '저마다의 빛깔로 악기들'이 우는 소리를 들어보라. '세상 소음'에 맞서 참았던 '쟁쟁쟁 배고픈 악기들이' 결핍같이 매달려 그때마다 "나는 음을 조율하는 악사가 되어"야 했을 것이다. 어깨로 울고 있는 '슬픔의 지퍼'를 열어보면 '칭얼대는 수많은 나'의 소리를 소리 없이 연주하는 '악기점'으로 점철된 한그루 사람이 있다.

못

이지엽(1958~)

슬프면 차라리 웃지 그랬어

그래도 아프면 눈 감지 그랬어

눈 감고 떠날 양이면 소리치지 그랬어

독립된 물체를 접합하기 위해 물리적으로 기능하는 못은, 문학에서 양가적인 의미가 있다. 날카롭게 담금질된 몸을 던져 한정된 부분을 고정시키는 못과, 어느 대상에게 흠집을 내고 고통을 강제하는 못이 그것이다. 이 못과 못은 '희생'인 반면 '상처'다. 희생으로서의 못은 세계간의 조화로 나타나며, 고통으로서의 못은 타자와의 분열을 드러낸다. 못이 주는 '희생'과 '분열'은 숙명적으로 '슬픔'과 '웃음'이 교차되고 고통을 동반하며 우리의 손을 떠난다. 당신을 못질한 세계와 당신이 못질한 타자를 '눈감고' 떠올려보면 '소리치지' 못한 아픔 끝에 삐죽하게 박혀있는, 모순의 못을 발견하게 될 것이다.

사랑 산조散調—바람

이지엽(1958~)

그대와 나 저승에선 바람이었을지도 모를 일 머리 풀고

떠돌다 눈비 맞고 떠돌다 살과 살 다 섞은 후에 빈 몸으로

울었을 바람

사랑이 눈에 보이지 않듯 바람 역시 그 실체를 알 수 없다. 그것의 존재는 느낌으로 있는 것으로서 지금 삶에서 감각하는 것이다. 당신의 사랑도 바람이 불어오듯 저만치 오고 있거나, 이미 와 있거나, 어디쯤 당도하고 있다. 다양한 자질 가운데 사랑을 표상하는 바람의 특이성은 이승에서 저승으로, 다시 저승에서 이승으로 온다. 이 사랑은 삶과 죽음을 '떠돌다' 건너온 초월적 인연으로 유예되는 바, '그대와 나'라는 분리된 주체를 낭만적인 생명체로 합일시킨, '한줄기 바람'으로 도달하게 만든다. 이제 사랑은 무색채의 대상이 아니라 "머리 풀고 떠돌다 눈비 맞고 떠돌다" 피로한 '주체의 육체'를 드러낸다. "살과 살다 섞은 후에 빈 몸으로 울었을" 당신도 바람같이 방황하다가 그곳에서 육체를 풀지 않았던가.

신의 악기

이초우(1950~)

하이힐은 가락이고 음악이다
주눅 든 일요일 낮 열한시, 계단은 대리석이다
똑 똑 똑, 단아한 하이힐 목소리 어디로 가는 걸까
무료한 일요일 다가구 주택, 갈 곳 없는 사내도
힐 소리를 따라 어디론가 길을 나선다

바라만 보아라 핑크빛 하이힐
얼마나 정교한 여자의 비밀인가
힐의 예술은 여자의 하반신, 탄력 있는 경주마 엉덩이,
그 아래 꼬리처럼 모여진 살색 종아리
여자는 제 힐 소리 들으며 걸을 때 삶이 출렁인다

땅의 건반을 울리는 하이힐 자꾸만 어디론가
떠나고 싶은 걸까
굽의 모양 따라 음색 다르고
굽의 높이에 따라 음의 고저가 다른 힐 악기

이 시의 '하이힐'은 매여 있는 여자의 몸을 싣고 일상으로부터 탈출시킨다. 하이힐은 '가락과 음악'이 되며 '주눅 든 일요일 낮 열한시, 계단은 대리석을 똑 똑 똑, 깨우는 단아한 목소리'가 된다. 하이힐에 맞춰 움직이는 여자는 속박에서 풀려난 수직이면서 수평을 향하는 기호다. 하이힐의 '똑 똑 똑'이라는 의성어는 대지와 허공의 벌어진 거리만큼의 무게를 알리는 소리로서 수직과 수평, 그리고 허공과 대지 사이에서 여자를 해방시키는 사유로서 작용한다. 화자의 시선은 "힐 소리를 따라 어디론가 길을" 나서는 여자가 아닌 하이힐이라는 '도구적 존재'에 고정되어 있다는 점이다. 하이힐은 여자의 몸을 싣고서 여자를 무료한 일상에서 벗어나게 하는 '은유적 열쇠'라고 할 수 있다.

행복한 풍경

이해인(1945~)

새들도
창밖에서 기도하는
수도원의 아침

90대의 노수녀 둘이
나란히 앉아
기도서를 펴놓은 채
깊이 졸고 있네
하느님도 그 곁에서
함께 꿈을 꾸시네

바람이 얼른 와서
기도문을
대신 읽어주는
천국의 아침

손바닥만 한 낙엽을 유심히 들여다보면 지난날 '남루한 길'들이 펼쳐져 있다. 낙엽은 경전과 같이 고개 숙인 당신의 삶을 읽으며 빛바랜 침묵 속에서 '손바닥 경전'이 된다. 이 세상은 누구에게나 한 번뿐인 인생이라는 길을 닦는 수도원이라는 사실을 알게 한다. 이렇게 '새들도 기도하는 세상'이라는 수도원에서 가끔씩은 '마음의 기도서'를 펴 놓고 졸아도 좋을 듯싶다. 행복이란 모든 것을 내려놓고 꿈결같이 지나온 세월을 반성하는 시간이라고 한다면, 당신은 지금 '가난한 천국'에 들게 될 것이다. '하느님도 당신의 그 곁에서 함께 꿈'을 꾸기도 하고, 바람도 당신에게 다가와 '성찰의 기도문'을 대신 읽어 주리니.

좋은 사람들

이현승(1973~)

누군가 일요일의 벽에 못을 박는다.
텅텅 울리는 깡통처럼
인내심은 금세 바닥을 드러낸다.

일요일의 벽에 박힌 못은
월요일의 벽에도 여전히 매달려 있고
화요일의 벽에도 균열은 나아가겠지만

이웃은 누구인가?
이웃은 냄새를 풍기는 자이며,
이웃은 소리를 내는 자이고
그냥 이웃하고 사는 자일뿐인데,

좋은 이웃을 만나는 일은
나쁜 이웃을 만나는 일처럼 어렵지 않은가.
하지만 누가 이웃을 결정할 수 있단 말인가.
좋은 이웃으로 남기조차 어려운 일이다.

"이웃은 누구인가?" 벽하나 사이에 이웃이 살고 있다. 이웃은 '벽'에 박힌 '못'같이 밀착되어 있지만 서로의 '냄새'와 '소리'를 들으려고 하지 않는다. 가깝지만 교류 없는 이웃은 막연히 "그냥 이웃하고 사는 자일뿐"이다. 자식이 부모를 결정하지 못하듯이 주변을 둘러보면 "누가 이웃을 결정할 수 있단 말인가."라고 할 수 있다. 어쩌면 이웃은 숙명적인 인연을 현시하며 가족을 달리 부르는 말인 줄 모른다. 내가 "좋은 이웃을 만나는 일"만큼 나 또한 "좋은 이웃이"되기 위해 얼마나 노력했는지를 돌아보면 당신도 자신만의 벽에 박혀 빠지지 않는 녹슨 못처럼 주변에 균열을 주는 사람이 아니었던가.

옥탑 일기

장만호(1970~)

조금은 높고 조금은 가볍게,

살고 싶었으나

어쩌면 이렇게 주위를 돌며

세상을 풍경으로

바라보는

공중 정원의 저녁

옥탑방 같은 사랑을 해 본 적 있는가. 작지만 모든 것을 가진듯한 그 느낌은, 오랫동안 당신 주위를 떠나지 않았을 것이다. 옥탑방에서 바라보는 세상은 옥탑방만큼의 공간을 빼고 난, 나머지 세계이므로 응시하는 대로 자신의 소유가 된다. 여기서 소유는 가지지 않는 것이 아니라 더 이상 가지려고 하지 않는 것, 소유에 대한 집착을 버리는 것. 이를테면 자신이 가진 것만큼 만족하고, 감사함으로써 '욕심의 고리'를 차단하는 것이다. 그렇지만 우리는 상대방을 뛰어넘어 '조금 더 높이', 상대방에게 자신의 짐을 주며 '조금 더 가볍게' 살려고 한다. 어느 겨울 침묵하며 피어난 이름 모를 꽃을 보는 것처럼 "주위를 돌며/세상을 풍경으로/바라보는" 시선은 상대를 통해 나를 극복하는 것이 아니라, 나를 통해 '나라는 추위'를 견디는 것이 아닐까? 이러한 꽃들이 만발한 '공중 정원의 저녁'에서 지금도 적다면서 많아지려고 노력하는, 가난한 당신의 행복을 생각한다.

그리운 시냇가

장석남(1965~)

내가 반 웃고

당신이 반 웃고

아기 낳으면

돌멩이 같은 아기 낳으면

그 돌멩이 꽃처럼 피어

깊고 아득히 골짜기로 올라가리라

아무도 그곳까지 이르진 못하리라

가끔 시냇물에 붉은 꽃이 섞어내려

마을을 환히 적시리라

사람들, 한잠도 자지 못하리

시냇물은 웃음을 싣고 흐른다. 무거운 돌멩이 같은 마음도 두드리며 시냇물이 지나간다. 그 지나가는 자리에 있는 웃음 또한 "내가 반 웃고/당신이 반 웃고" 서로 웃음이 부딪히는 소리를 낸다. 그동안 가슴속에 있는 "돌멩이 같은 아기"도 웃음으로 태어나듯 "그 돌멩이 꽃처럼 피어"나고, 웃음소리 따라서 "깊고 아득히 골짜기로 올라가리라/아무도 그곳까지 이르진 못하리라" 그래서 시냇물이 내가 되고 당신이 되고, 당신과 나는 섞여 시냇물로 흐른다. 이제 나와 당신으로부터 나오는 웃음소리가 아니라 시냇물에서 나오는, 자연과 합일된 소리가 된다. 완전하게 하나가 된다는 것은 바로 이러한 것이다. 그렇다면 '마을 사람들'까지 '환희 적시지' 못할 이유가 없다.

고무신

장순하(1928~)

눈보라 비껴 나는
전全-군群-가街-도道

퍼뜩 차창車窓으로 스쳐 가는 인정아!

외딴집 섬돌에 놓인

하　나
둘
세켤레

우리는 사물을 통해 그 사물이 가지고 있는 그 너머의 세계를 상상하기도 한다. 여행 중에 마주치는 수많은 마주침 속에서 특별하게 다가오는 것들이 있다. 전주 간 군산 도로인 "전(全)-군(群)-가(街)-도(道)"를 달리는 중 버스 차창에서 스쳐가는 '외딴 집 섬돌' 위에 나란히 놓인 고무신 세 켤레가 그것이다. 시인은 '신발 세 컬레'라는 기호를 네모 칸에 넣고, 하나는 크고 진한 글씨를, 둘은 작은 글씨를, 세 컬레는 보통 글씨로 처리함으로써 회화적인 효과를 보인다. 차장 안 공간에서 차장 밖 시인이 포착한 풍경을 박스 칸에 배치하여 묘사하면서 가족 이미지를 떠오르게 한다. 그 안에 놓인 각기 다른 모양의 고무신을 통해서 아버지와 어머니 그리고 아이가 한 집안에 살고 있다는 사실을 보여준다. 그러므로 그 너머의 세계를 따듯한 시선으로 들여다보면서 그것이 무엇을 의미하며 어떻게 존재하는지 구명해 준다.

대부분의 그는

이수명(1965~)

대부분의 그는 음영이 없다.
당분간 그를 세워 두는 게 좋겠다.
그를 거리에 한 줄로 늘어뜨려 놓는 게 좋겠다.
대부분의 그는 다른 사람에게 밀려들어간다.
들어가서 휘어진다.
대부분의 그는 아무 생각 없이 제 목을 자른다.
그는 우두커니 바닥나 있다.

자신도 모르게 손을 들고
대부분의 그는 자신을 잊어버린다.
잊어버리려고 손을 들고 있다.
이제 그는 나을 것이다.
손이 굳어질 것이다.
범죄를 저지를 것이다.

그는 한꺼번에 발견된다.
위치를 표시하기 위해

그는 아랑곳하지 않는다.
입천장을 두드려 본다.
키득거리는 소리가 한데 뒤얽힌다.

대부분의 이동하는 그는 이동을 주장하지 않는다.
이동하는 그는 이동이 식어 있다.
그는 땅속에 묻혀 있는 것인가.
대부분의 그는 대부분의 그에 지나지 않아서
대부분 부서진 한복판에서

잊어버린 것을 잊어버리려고 그는 서 있다.

우리는 얼마나 많은 사람들을 아는가? 당신이 만나본 사람을 제외하고 나면 반대로 당신을 아는 사람도 별로 없다. 빠른 속도로 제 갈 길을 가는 거리의 사람들, 밀려왔다 밀려가는 지하철의 사람들, 오래전부터 땅속에 묻혀있던 지구상의 사람들보다 더 많은 사람들을 어떻게 알겠는가. 당신이 그들을 본다는 것은 식별 가능한 거리에서 잠깐의 마주침, 얽히고 설힌 지하철에서 보이는 머리와 손들, 땅속에 묻혀있는 이동이 정지되었다고 생각하는 사람들일 뿐이다. 그것도 역시 "잊어버린 것을 잊어버리려고 그는 서 있다" 여기서 '그는' 대부분의 사람들에게 스쳐 지나간 '당신'이다.

4부

좌절 속에서 역사는 반복된다
새로운 역사를 만드는
동력은 안정과 평화 속에 있지 않고,
혼란과 불안 속에서
작동하기 마련이다

검은 문

전형철(1977~)

오래 마주선 것들마다 잔뜩 하품을 물고
갈대송이 소지하듯 제 몸을 날린다
하루를 살아 내기에 내 사랑의 기도는 하마 좁아
밤마다 횟배를 앓던 기억이
잘게 부서진 파편으로 유리창에 찬연하다
이별이 나이를 먹는다
중심을 잃고 밀려난 마음의 깃
마음밖에 따로 먼지를 쓸지 말라
한 생각도 내지 않으면 온 땅덩이가 유리 같으니
촛농처럼 굳어있는 기억의 골
그 위에 떠 있는 검은 문
발길이 자꾸만 눈 위에 원을 그린다
더듬이를 잃은 영혼의 만다라

이성과의 이별은 한동안 '분열의 시간'을 견딘다. 사랑이 떠난 자리에 남아 사랑을 기억하는, 우울이야말로 '슬픔의 징후'를 잘 보여준다. 때로는 강렬한 파장으로 침투한 분열 의식은 일상을 마비시키고 무력하게 하지만 그것은 이별을 처리하는 오래된 방식일 뿐이다. 시간이 지나면서 "오래 마주선 것들마다" 가벼워진 추억을 '갈대송' 같이 바람에 실려 보낸다. 당신의 사랑은 '밤마다 횟배를 앓던 기억의 골'에서 방황하다가 '잘게 부서진 유리 파편' 같이 어디로 가야 할지 모르는 '검은 문'에서 굳어버린 '영혼의 만다라'가 되기도 한다.

꽃답

정수자(1957~)

꽃샘에 더친 상심
하마 또 깊으신지요

안부가 하, 꽃이네요
살이가 다, 그러하지요

살바람
살 저미는 끝에

잎 세우듯……
꽃 세우듯……

물음은 반드시 해답을 요구하지 않지만 문제는 찾는 사람의 몫이다. 난이도가 클수록 해답의 모양은 잘 드러나지 않을 때가 많다. 삶이란 어쩌면 해답 자체에 의미가 있는 것이 아니라 물음을 통해서 살아있음을 감지하는 것이 아닐까? 물음이 깊을수록 "꽃샘에 더친 상심" 같이 세계에 대한 고뇌 또한 심화되지만 봄의 꽃망울처럼 일순간 터지는 순간 환상성을 경험하게 된다. 이른바 이전의 '무지의 어둠'은 '깨달음의 빛'으로 무화되며, 인생 '살이가 다, 그러하'다는 것을 통찰하게 된다. 이러한 성찰은 "살바람/살 저미는 끝에" 서성이며 선불리 오지 않는다. 지금 밖에서 '겨울의 외피'를 벗고 "잎 세우듯" 피어나 "꽃 세우듯" 당신을 환하게 보고 있는 '한 송이 꽃답'이 그러하다.

연밥

정수자(1957~)

천 개 손을 뻗어
만 개 꽃을 피우더니

놓인 손목에선
피도 뚝 뚝 흐르더니

어느새
진흙밥 짓고
쑥쑥 올린

저 골반들!

식탁은 삶과 죽음을 한눈에 보여주는 실존의 민낯이다. 그곳은 한 끼 식사가 되기 위해 자신을 죽이고 놓여있는 존재와 그것을 섭취해야 살아갈 수 있는 존재가 공존한다. 인연의 관점에서 모든 사물은 서로 관계 맺으면서 생성되고, 변화되며, 소멸하는 이치를 볼 수 있다. 마치 연꽃의 생태와 같이 "천 개 손을 뻗어" 줄기로 맺은 인연은 "만 개 꽃을" 생성한다. 그러나 얼마 지나지 않아 서로 손을 놓으며 "놓인 손목에선 피도 뚝 뚝"흘리면서 변화한다. 드디어 자신의 삶을 고스란히 '진흙밥'을 지어 바칠 때 완전히 연소될 수 있는 것이다. 연밥은 연꽃이 "쑥 쑥 올린' 땅의 골반에서 나온 보살이 틀림없다. 오늘 아침 허겁지겁 먹은 당신의 식탁도 그러하다.

느낌표

정현종(1939~)

나무 옆에다 느낌표 하나 심어놓고
꽃 옆에다 느낌표 하나 피워놓고
새소리 갈피에 느낌표 구르게 하고
여자 옆에 느낌표 하나 벗겨놓고

슬픔 옆에는 느낌표 하나 올려놓고
기쁨 옆에는 느낌표 하나 웃겨놓고
나는 거꾸로 된 느낌표 꼴로
휘적휘적 또 걸어가야지

사람의 마음은 향기 나 빛깔이 없어서 코로 냄새를 맡거나 눈으로 볼 수 없다. 또한 잡을 수도, 잡히지도 않으므로 소유하지 못한다. 오직 마음은 느낌으로 온다. 느낀다는 것은 개별적으로 감각하는 것이기 때문에, 서로의 느낌을 완전하게 안다는 것은 불가능하다. 다만 '나무'를 심듯 '꽃'을 피우듯 '새소리'를 듣듯 '여자'를 보듯 대상 속에서만 그 느낌을 공유할 수 있다. 마음의 실체는 없지만 사물의 구체성을 통해 서로의 생각을 깨닫는 것이다. '슬픔'과 '기쁨'도 울고 웃는 표정 속에서 그 느낌이 전달된다. "거꾸로 된 느낌표 꼴" 같이 머리를 하늘로 두었기에 '휘적휘적 또 걸어'가는, 우리는 '고독한 마음 꼴'을 위태롭게 달고 다닌다.

겨울 강가에서

정호승(1950~)

흔들리지 않는 갈대가 되리

겨울강 강언덕에 눈보라 몰아쳐도

눈보라에 으스스 내 몸이 쓰러져도

흔들리지 않는 갈대가 되리

새들은 날아가 돌아오지 않고

강물은 흘러가 흐느끼지 않아도

끝끝내 흔들리지 않는 갈대가 되어

쓰러지면 일어서는 갈대가 되어

청산이 소리치면 소리쳐 울리

누구나 흔들리며 살아간다. 고요함 속에서도 요동치는, 그 마음은 외부 충격에 의해 민감하게 반응하기 때문에, 매 순간 만져지지도, 잡을 수도 없다. 그렇지만 우리의 마음속 깊이에는 쉽게 변하지 말아야 하는 믿음이 있다. 이 믿음은 자신 내부에 있기에, 그것을 지키는 것 또한 스스로의 몫이 된다. 갈대는 바람에 흔들리지만 오히려 그러한 움직임으로 인해 꺾이지 않고, 그 자리에 변함없이 서 있는 것이다. '겨울강 강 언덕에' 있는 갈대는 '눈보라 몰아쳐도' "눈보라에 으스스 내 몸이 쓰러져도" 그대로 흔들릴 뿐이다. "새들은 날아가 돌아오지" 않는 기다림과 "강물은 흘러가 흐느끼지" 않는 그리움을 버티는 갈대를 볼 때, 강하다는 것은 힘이 센 것이 아니라 살아남은 것임을 알게 된다. 그렇다면 "쓰러지면 일어서는 갈대"는 믿음을 지키기 위해 "흔들리지 않는 갈대"에서 "끝끝내 흔들리지 않는 갈대"로 살아있다. 진정으로 고독하다는 것은, 흔들리는 것을 흔들리지 않게 보여준다는 것이다.

칼

조동범(1970~)

도마 위의 생선을 토막내고
칼은 자신이 만든 칼집 속으로 박힌다
단칼에 삶의 단면을 드러내는
칼의 힘은 단호하다
한 번의 망설임도 없이
생선을 잘라 먼 바다를 꺼내놓는 칼
생선은 배가 갈리고 토막이 났어도
눈 감지 못하고
자신의 죽음을 바라보고 있다
도마 위에 박힌 칼 한 자루
예리하게 삶의 단면을 겨누고 있다
토막난 생선의 건조한 눈망울을
바라보고 있다

때로는 진실을 마주한다는 것은 두려운 일이다. 말하지 않아도 되는 자유가 말해야 하는 강제 앞에서 침묵하지 못할 때가 있다. '단칼'에 온전히 벗겨져 '거짓의 표피'를 꺼내놓은 자신의 내면을 발견한다. '도마 위의 생선'처럼 현실에의 눈을 뜨고, 거짓의 입을 벌리고 살았던 '삶의 단면'을 바라본다는 것은, 유쾌한 일이 아니다. 그래서 "먼 바다를 꺼내놓는" 해체된 내장은 비릴 수밖에 없다. '배'가 갈리고 '토막'이 났어도 '눈' 감지 못하고 자신의 죽음을 바라보고 있는 당신을 상상해 보라. 수분이 빠져나간 '건조한 눈망울'같이 진실은 "도마 위에 박힌 칼 한 자루" 앞에서 엎드린 '고해 성서의 표정'이 아니겠는가.

떠 흐르는 수람收攬

조오현(1932~)

가을이 소나기처럼 지나간 그대 정원에

열매 하나가 세상의 맛을 한데 모아

뚝 하고 떨어지는구나

다 쭈그러든 모과 하나

모과는 오랜 시간 자신을 허공에 걸어 놓고 육체의 고통과 계절의 미혹에 찌그러진 얼굴을 하고 있다. 온전하게 한 곳에 집중한 '모과 얼굴'에서 상처와 향이 동시에 아로새겨져 있는 것도, 그 때문이다. 자신을 건다는 것은 미혹의 즐거움과 상처의 고통을 억압하고 불순물이 제거된 그대로의 마음을 바친다는 것이며, 열매는 그것의 지난한 세월의 발자취가 아닐 수 없다. "가을이 소나기처럼 지나간 그대 정원에" 걸려 있는 저 모과 "열매 하나가 세상의 맛을" 품기 위하여 어떠한가. 마음을 한데 모으고 마음의 끝까지 가서 그 마음을 뛰어넘어, 비로소 노랗게 물든 작은 우주 하나 달려 있는 것같이. 가을비 속으로 "뚝 하고 떨어지는" "다 쭈그러든 모과 하나"를 보면 '압축의 언어'에 스며있는 '축척의 향기'에 취하고 싶다.

적멸을 위하여

조오현(1932~)

삶의 즐거움을 모르는 놈이
죽음의 즐거움을 알겠느냐

어차피 한 마리
기는 벌레가 아니더냐

이다음 숲에서 사는
새의 먹이로 가야겠다.

우리의 삶은 육체와 분리할 수 없는, 실체 속에서 인식하고 작동한다. 육체는 삶을 살기 위한 필요적 조건이며, 삶은 육체를 기반으로 유지된다. 육체가 세계와 관계 맺을 때, 희로애락을 느끼며 권선미추악을 경험한다. 그러나 나이가 먹을수록 살아가는 방식을 습득하여 나름대로 생긴 지혜를 가지고 삶을 깨달았다고는 할 수 없다. 근원적 존재에 관한 물음을 통한 본질적 성찰을 완수한 다는 것은 시공간을 초월하는 일이다. "삶의 즐거움을 모르는 놈이/죽음의 즐거움을 알겠느냐" 자신의 삶에 충실하고 살아있음의 즐거움을 영혼으로 느낀다면 삶이 죽음과 분리 불가능 한 것을 알게 된다. 이 시는 새에게 온전히 자신을 바치는 벌레를 통해 자연에서 벌어지는 '생명의 축제'로서 삶과 죽음이라는, 공동체의 숲에서 '숭고한 평화'를 목격하게 해 준다.

벌새가 사는 법

천양희(1942)

벌새는 1초에 90번이나

제 몸을 쳐서

공중에 부동자세로 서고

파도는 하루에 70만 번이나

제 몸을 쳐서 소리를 낸다

나는 하루에 몇 번이나

자신의 몸을 세계에 던져 살고 있는 실존의 모습은 어떠한가? 나락으로 실추하지 않으려고 하는 그 몸짓은, 끊임없이 반복되는 자신과의 싸움이다. '1초에 90번이나 제 몸을 쳐서' 날아가는 '벌새'는 살아 있는, 이 시대의 표상일 수밖에 없다. 벌새가 날개를 접는 순간 공중에서 내려와야 하듯이, 우리도 '나'라는 정체성을 잃어버리는 순간 사회적 구조에서 멀어지게 된다. 나라는 존재는 타자로부터 검증 받으며 세계로 나아가는 것으로써 타자로부터 분리된다는 것은, 더 이상 사회적 존재로서 보장 받을 수 없다는 말이다. 당신은 삶의 바다에서 제 목소리를 가지기 위해서 얼마나 노력하고 있는가? '하루에 70만 번이나 제 몸을 쳐서 소리를' 내는 '파도'를 보면 '나는 하루에 몇 번이나 내 몸을 쳐서' 살고 있는지 반성하게 된다. 또한 내가 살아남기 위해 상대를 쳐서 더 많이 더 높게 올라가야 하는, 오늘이라는 이 하루가 하염없이 길고도 슬프게 느껴진다.

그릇

최대희(1961~)

모양과 재질도 다양한
크고 작은 그릇들은
그 나름의 소명으로 빛이 난다

화채는 투명한 유리그릇이 보기 좋고
찌개는 두툼한 뚝배기로 맛이 나며
간장은 종지가 제격인데

사람도 그 나름의
고유함을 인정해 줄 때
서로 의지하며
빛이 난다

이 시는 '다양성의 다의함'을 추구하는 것으로 보인다. "모양과 재질도 다양한" 주체가 가진 것들에 대한 "크고 작은" 혼돈을 명료함으로 전환시킨다. 그것은 '그 나름의 빛"이며 이 빛은 '소명'이다. 이 시에서 보여주듯 '비움'과 '채움'의 미학을 담고 있는 '그릇'으로 현현된다. 그릇은 제작될 때부터 그 나름대로의 용도가 있다. '유리 그릇' '뚝배기' '종지'라는 기표가 담아 낼 수 있는, 기의는 '화채' '찌개' '간장' 등의 내용물이다. 그릇은 제작 단계에서 결정되며 거기에 맞는 진료가 쓰인다. 시인은 그릇의 몸과 사람의 몸을 치환하면서 "사람도 그 나름의/고유함을 인정해 줄 때/서로 의지하며/빛이 난다"라는 것이다.

인간의 슬픔

최동호(1948~)

최후의 수치심도 끝내

이길 수 없는 것

연약한 진흙 인간의 슬픔

우리에게 죽음만큼 '무無의 육체'를 적나라하게 보여주는 것은 없는 듯하다. 살아간다는 것보다 죽어간다는 것이 '존재의 본연'에 더 가까워 보이는 것처럼 일상 언어 가운데 죽음만큼 가까우면서도 먼 '슬픔의 언어'가 또 있을까. 죽어감에 대한 공포와 불안감을 감내하면서도 삶이 유지되는 것은, 누구나 죽음을 억압하고 있기 때문이다. 억압으로 그것을 애써 외면하지만 '최후의 수치심'도 그 시간 앞에서는 '자존감의 두 손'을 가지런히 내려놓을 수밖에 없다. '끝내 이길 수 없는 것'이 죽음이듯 '연약한' 인간 고독과 외로움으로 반죽되어 서서히 양생되어 가는 '진흙'은 생명을 감싸고 있는 '삶의 표피'다. '인간의 슬픔'은 욕망으로 인해 에덴동산의 무한한 시간이 실종되고 죽음의 유혹에서 빠져나오지 못한 '아담의 눈물'을 달리 부르는 말이다.

치약

최동호(1948~)

알루미늄 튜브

흰 석고 부스러기

끝까지 뭉클하게 하지 못한 튜브

사랑의 치욕

모두 내어 준다는 것이 가능한가. 예컨대 '부스러기'조차도 준다는 것은 온전히 자신을 바치는 행위에 가깝다. 여기서 '준다'는 종결 어미는 지금—여기—있는 것을 바치겠다는 실천이다. 사라짐을 통해 있었던 것은, 있음에서 없음으로의 '소멸'이 되지만 없었던 것은 없음에서 있음으로서의 '생성'이 된다. 그리하여 있음은 없음이 되고, 없음은 있음이 되는 것처럼 보이지만 있음은 없음으로 인하여 '비움'이 되고, 없음은 있음으로 인하여 '채움'으로 변한다. 이러한 변화는 세상 '끝까지 뭉클하게' 감동을 준다. 이것이야 말로 인간이 할 수 있는 가장 아름다운 일이 아닐까? 생성과 소멸은 채움과 비움이라는 에너지의 응집과 흩어짐으로써 '내공(內空)'이다. 그렇다면 내공은 있음을 주는 것에서부터 쌓인다. 이 얼마나 아름다운 '사랑의 치욕'이 아닌가. 당신은 어느 정도 치욕스러운 삶을 살고 있는가.

네게로

최승자(1952~)

흐르는 물처럼

네게로 가리.

물에 풀리는 알콜처럼

알콜에 엉기는 니코틴처럼

니코틴에 달라붙는 카페인처럼

네게로 가리.

혈관을 타고 흐르는 매독 균처럼

삶을 거미잡는 죽음처럼.

우리는 갈라진 공간, 상처 난 곳에서 태어난 존재다. 때문에 상처 속에서 홀로서야 하는 숙명이 아닐까? 슬픔이 머무는 이곳은 첫 사랑, 첫 키스, 첫 이별 등 '처음'으로부터 멀리 와 있다. 이제 처음은 훼손된 곳이지만 본질적으로 우리가 왔던 장소다. 그래서 흐르는 물처럼 처음에 가려고 한다. 거기에 가기 위하여 물에 풀리는 알콜처럼, 알콜에 엉기는 니코틴처럼, 니코틴에 달라붙는 카페인처럼 변화를 가진다. 즉 풀리고, 엉키고, 달라붙고 등 확장 은유를 통해 왔던 곳으로 순환된다. "혈관을 타고 흐르는 매독 균처럼" "삶을 거미 잡는 죽음처럼" 광기로 일어서려고 하는 강한 의지를 보인다. 그것은 철저하게 아파졌기 때문에 치열하게 사랑할 수밖에 없는, 시인만의 방식이다.

가을

함민복(1962~)

당신 생각을 켜놓은 채 잠이 들었습니다

언어가 미치지 못하는 그곳에 생각이 있다. 가을에 생각이 많아지는 것도 말로 다할 수 없는 사물들이 단풍으로 지기 때문이다. 바람같이 걸리지도 않고 바위같이 들리지도 않는 생각이 걸릴 듯, 들릴 듯 교차되는 시기. 생각이 물들어 갈수록 지나온 과거와 지나는 현재, 그리고 오지 않은 미래는 헛되고 부질없는 생각 속에서 형형색색의 빛깔을 낸다. 거슬러 올라간 거기에는 나와 너도, 너와 나도 외로운 뿌리에서 고요하게 흔들리고 있을 뿐이다. 당신 생각을 하며 잠든 당신의 당신도 하염없는 생각의 숲에서 길을 잃고 말았다.

그리움

함민복(1962~)

천만 결 물살에도 배 그림자 지워지지 않는다

그림자는 햇빛이 투과하지 못하는 대상을 음영으로 그려낸다. 실체로부터 있는 그림자의 출현은 하늘 아래 대상이 있는 한 존재한다. 빛이 물체를 만나 생긴 이러한 어두움은 현상계뿐만 아니라 인간의 내면에서도 만날 수 있다. 사랑하는 사람을 절실히 보고 싶어 하는 마음 또한 실재했던 대상이 그려내고 있는 음영이다. 우리는 그것을 '그리움'이라고 부른다. 현실의 그림자는 '있는 대상'의 형태가 클수록 많은 면적을 차지하지만 사랑이 휘발된 내면의 그림자는 '없는 대상'의 공백이 클수록 더 많은 비중을 차지한다. 그것은 사라진 대상의 미련과 후회, 그리고 미안함과 죄책감과 비례한다고 할 수 있다. 이 그리움은 '천만 결 물살에도 지워지지 않는 배 그림자'와 같이 얼비치지만 가라앉지 않는 '사랑의 장력'일 수밖에 없다.

연蓮

허영자(1938~)

정화수에 씻은 몸
새벽마다
참선參禪하는

미끈대는
검은 욕정
그 어둠을 찢는
처절한 미소로다

꽃아
연꽃아.

존재는 어떠한 존재의 몸을 뚫고 나온다. 존재는 스스로 생길 수 없으며 존립할 수도 없다. 본래 자기의 고유한 성질이 있는 것이 아니라 여러 가지 서로 다른 성질의 요소들을 통해 고유성이 생기는 것이다. 그것을 인연이라고 하며, 우리는 인연에 의해 모여서 그것에의 형상을 이루었다가 인연이 끝나면 자연 속으로 되돌아간다. 자연은 우리가 왔던 곳이며 돌아가야 할 공간으로서 흔히들 사람이 죽으면 '돌아가셨다'고 하는 것이다. 태어나기 전에는 아무것도 없는 상태의 자연인이며, '정화수'와 같이 깨끗하고 고요한 빗물질 속에 있다. 이 공간은 어머니의 자궁과 같이 평화가 머물지만 "미끈대는/검은 욕정"이 가득한 세상이라는 장소로 이동하면서 "어둠을 찢는/처절한 미소"로 연꽃이 일순간 꽃잎을 열듯이 활짝 피어난다.

겨울 자작나무 숲

허형만(1945~)

온몸에는 별들이 쉬었다 간 자국
바람이 강렬하게 포옹했던 체온으로 가득한
겨울 자작나무 숲

우듬지로부터 가지와 가지 사이
서서히 흘러내리는 불꽃같은 빛을 따라
이파리에 매달린 애벌레가 일광욕을 즐기고
참새 떼는 빛을 쪼며 흥겨워하고

눈처럼 흰 생명의 빛으로
서로의 온기를 나누며 추위를 견디는
겨울 자작나무 숲

시간을 수평적이라고 한다면 공간은 수직적이다. 끊임없이 지나가는 시간은 고정된 공간 속에서 시간의 단위로 현전한다. 이 시간에 있지 못한 사람들은 이 공간에 없는 사람인 바, 이 시간을 보낼 수 없다는 점에서 시공간은 언제나 동행자다. 누군가에게는 절실히 살고 싶었던 오늘이며, 누군가에게는 이토록 죽고 싶은 오늘을 산다. 그런 한해가 석양으로 물들고 있다. '겨울 자작나무 숲'을 보면 지나온 시간의 "온몸에는 별들이 쉬었다 간 자국"을 만나게 된다. "바람이 강렬하게 포옹했던 체온"을 느껴보라. "우듬지로부터 가지와 가지 사이"로 "흘러내리는 불꽃같은 빛"과 "눈처럼 흰 생명의 빛으로" 희망이 오고 있다. "서로의 온기를 나누며 추위를 견디는" 시간은 분명히 갈등과 충돌이 해소된 장소로서 '인간들의 숲'이 된다. 그렇다면 2015년을 아름답게 저물게 할 수 있으련만.

폭설

홍사성(1951~)

눈이 내려
며칠째 펑펑 내려
산과 들 무릎까지 쌓였다

길이 막혀
사방이 하얗게 막혀
너에게로 갈 수가 없구나

그곳까지는
얼마나 될까, 마음 전하려면
어떻게 해야 할까

노루 토끼 발 묶인 산속
겨울밤
나뭇가지 부러지는 소리 요란한데

우리는 인생이라는 길 위에 있다. 이 길은 앞서 간 자들의 흔적이면서 자신이 가고 있는 자취다. 그러나 가고 싶어도 가지 못하는 길이 있다. 안타깝게도 주위가 가로막힌 길을 서성이는 모습에는 절망감과 절실함이 동시에 배여 든다. 며칠 동안 눈이 내려 무릎까지 차오른 산과 들, 사방에 길이 막혀 건너편에 있는, 사랑하는 이를 찾아갈 수 없는 마음은, 눈같이 하얗게 질려 있을 것이다. "그곳까지는 얼마나 될까" 타들어가는 마음속 깊이와 떨어져 있는 길의 길이는 비례하지 않겠는가. 이러한 "마음 전하려면/어떻게 해야 할까" 고립된 그리움을 알고 있는, 당신은 마치 "노루 토끼 발 묶인 산속 겨울밤"을 지새운 실핏줄 터진 눈망울의 깊이를 가늠할 수 있을 것 같다.

따뜻한 흔적

홍성란(1959~)

지우개 없어도 사람은 상처를 지우지

버릴 데 없는 가루를 밀쳐둔 마음 곳간

바람이 떨궈낸 잎새처럼 따뜻하게 익어가지

내 부르지 않아도 창밖에 와 우는 새여

내 작은 발가락 희미한 목소리 아파

이따금 가려운 흔적 따뜻하게 긁어주지

갈등은 밖에서 오고, 상처는 마음에 머문다. 또한 이 공간은 상처를 지우는 역할도 한다. "지우개 없어도 상처를 지우"는 '마음 곳간'을 심리학에서는 억압이라고 부른다. 자신만이 알고 있는 '억압의 곳간'은 아픔을 지워낸 '가루'들로 가득 차 있다. 누군가에게는 "바람이 떨궈낸 잎새처럼 따뜻하게 익어가"기도 하면서 나무의 생채기가 옹이로 남듯이, 우리의 무의식에서 상처는 또 다른 풍경을 만들어낸다. 그 풍경이 바람에 흔들릴 때마다 따뜻하게 품어 주는 사람이 당신에게 있는가. 세월에 익어가는 흉터를 '부르지 않아도 창밖에 와 우는 새'처럼 말할 수 없는 고통받은 흔적을 대신 긁어주는 사람이 있다면, 당신은 행복한 사람이다. "내 작은 발가락 희미한 목소리 아파"할 때 다가와 함께 울어줄 때, '상처 가루' 날리는 '억압의 곳간'마저도 따뜻해진다.

가을 편지

홍승표(1956~)

계절의 여울목에 빗장을 걸어 놓고
늘 헤어지는 마음으로
오늘을 살아가자
쓸어도 사라지지 않는
낮달 같은 사랑 하나

한 점 구름 벗 삼아
思惟의 뜰 밝히면
물빛이 몸살 앓으며 江기슭을 더듬고
돌아서 노을에 젖는
그림자 내 그림자.

낙엽은 인간에게 쓰는 자연의 편지인가. 한 잎, 한 잎의 낙엽이 하나의 의미로 보이면서 동시에 문장으로 치환되는 계절이다. 이제 낙엽은 더 이상 낙엽이 아니라 무엇인가 전달하려는 메시지가 된다. 우리는 "계절의 여울목에 빗장을 걸어 놓고" 떨어지는 낙엽을 한없이 바라보면서 가슴으로 읽어낸다. "늘 헤어지는 마음으로/오늘을 살아가자"라고 이별을 구했던 "쓸어도 사라지지 않는/낮달 같은 사랑 하나"간직하고 있지 않은가. '한 점 구름'으로 '思惟의 뜰'로 빛나기까지 "몸살 앓으며 江 기슭을 더듬고" 왔던 세월을 본다. 그 속에서 빛이 바래가며 "돌아서 노을에 젖는" 당신의 '낮달 같은 사랑 하나'가 그냥 '그림자'도 아닌 '내 그림자'로 떠있다는 사실을, 당신에게 가을은 그렇게 쓴다.

미루나무

홍용희(1966~)

나는 오늘처럼 서서 이 겨울을 다 보았다
수많은 눈이 저 호수 속으로 몸을 던지고
산짐승들은 밤낮으로 들판을 찾았다

달빛이 산줄기를 뒤덮기도 했지만 온기는 전혀 없었다

바람은 수시로 내게 거친 말을 건냈으나
나는 이 겨울을 바라볼 뿐이었다

졸음을 몰고 오는 햇살이 발아래를 적신다
겨울이 흩어지고 있다

나는 오늘처럼 서서 이 겨울을 그대로 보낼 것이다
무슨 말을 하겠는가

오래된 것에는 새것이 모방하지 못하는 지혜가 녹아 있다. 세월을 견뎌낸 울퉁불퉁한 고목의 안쪽 나이테는 사물의 이치를 배반하지 않고 감득한 겹겹의 기록이 아닐까. 흐르는 풍경을 '오늘처럼 서서' 숲을 이루고 있는 '미루나무'에게서 지혜를 읽는다. 말하자면 "수많은 눈이 저 호수 속으로 몸을" 던지는 것과, "산짐승들은 밤낮으로 들판을" 찾는 것과, "달빛이 산줄기를 뒤덮기도"하며 "졸음을 몰고 오는 햇살이 발아래를" 적시는 겨울을, 미루나무 한 그루가 온몸으로 받아 적고 있다. 우리도 한 치 앞도 벗어날 수 없는 속박에서 결박당하지 않기 위해 "오늘처럼 서서 이 겨울을 그대로 보낼 것"이란 사색이 있다면 또 '무슨 말'이 필요하겠는가. 담대하게 바라볼 뿐.

겨울산

황지우(1952~)

너도 견디고 있구나

어차피 우리도 이 세상에 세들어 살고 있으므로
고통은 말하자면 월세 같은 것인데
사실은 이 세상에 기회주의자들이 더 많이 괴로워하지
사색이 많으니까

빨리 집으로 가야겠다

마음의 집을 본향이라고 한다면, 그 집은 어디에 있는가? 하늘에 있으면 삶이 끝난 죽음 이후에, 땅에 있으면 삶이 시작된 곳에 있지 않겠는가. 우리에게 죽음은 삶에 세 들어 살면서 오고 있거나 이미 와있다. 삶은 죽음을 피하여 여기저기 옮겨 다니며 생명에 기생해야 한다. 이 욕망은 손등과 손바닥의 양면처럼 붙어 있으면서 우리를 상황에 따라서 기회주의자로 세상을 응전하게 만든다. 그리하여 고통을 견딘다는 것은 삶을 지탱하는 것으로서 죽음을 이겨낸다는 명분이 된다. 바람 잘날 없는 당신도 겨울산처럼 가슴 한편 얼마나 많은 나뭇가지 같은 근심을 키우고 있는가. 당신을 키우는 생각만큼 겨울산 나무처럼 침엽수는 날카롭게, 활엽수는 잎사귀를 숨기고 괴로워하고 있다. 사색이 많은 우리도 본향으로 가고 싶지만 아직 돌아가는 길이 멀다.

묵념 5분 27초

황지우(1952~)

묵념 5분 27초

소통의 방식은 소리—언어에만 있지 않다. 소리를 제거하고 난, 침묵—언어에서도 커뮤니케이션이 가능하다. 1952년 작곡가 존 케이지의 「4분 33초」라는, 작품은 공연을 위해 피아노, 바이올린, 첼로 연주자가 박수를 받으며 무대 위로 올랐으나, 무대에서는 아무런 연주가 없었다. 객석에서 관객들의 술렁임만 감지될 뿐 무대는 4분 33초 동안 침묵과 고요만이 흘러가다 연주가 끝났다. 때로는 '침묵의 언어'—기의와, 말해야 되는 '시적 언어'—기표 사이에서 '5분 27초'라는 '고요한 묵념'만이 '진실한 소리'를 들려줄 때가 있다. 이 때 '묵념'을 수용하면서 '침묵'이 중요한 요소로 작용한다. "나는 말할 수 없으므로 양식을 파괴한다. 아니 파괴를 양식화한다"라는 시인의 말처럼 폭력적 세계에서 상식을 깨버린 '파괴적 언어'는 일상적인 경계를 무너뜨린다. 이를테면 1980년 5월 27일 광주에서 계엄령이라는 비정상적인 법칙과 이에 따른 희생자들을 묵도하게 함으로써 언어의 정보적 기능은 사라진다. 그러면서 우리는 이 고요함 속에서 배치되는 정적의 사태 속에서 '혼란의 진실'과 '통증의 모순'을 웅전하게 된다.

마지막 섹스의 추억

최영미(1961~)

아침상 오른 굴비 한 마리
발르다 나는 보았네
마침내 드러난 육신의 비밀
파헤쳐진 오장육부, 산산이 부서진 살점들
진실이란 이런 것인가
한꺼풀 벗기면 뼈와 살로만 수습돼
그날 밤 음부처럼 무섭도록 단순해지는 사연
죽은 살 찢으며 나는 알았네
상처도 산 자만이 걸치는 옷
더이상 아프지 않겠다는 약속

그런 사랑 여러번 했네
찬란한 비늘, 겹겹이 구름 걷히자
우수수 쏟아지던 아침햇살
그 투명함에 놀라 껍질째 오그라들던 너와 나
누가 먼저 없이, 주섬주섬 온몸에
차가운 비늘을 꽂았지

살아서 팔딱이던 말들
살아서 고프던 몸짓
모두 잃고 나는 씹었네
입안 가득 고여오는
마지막 섹스의 추억

그녀는 바다에서 건져올린 굴비 한 마리를 아침상에서 해체한다. 굴비의 형태 파괴에서 화자는 해제된 기억을 시작(詩作)으로 곱씹는다. 굴비는 현실 물의 구조를 파괴하고, 해체된 존재를 통해 해제된 생각을 보여주는 열쇠다. 이른바, '실존의 해체'와 '기억의 해제'로서 시의식을 갱신한다. 굴비를 바르다가 "마침내 드러난 육신의 비밀"을 본다. 이 비밀은 "파헤쳐진 오장육부, 산산이 부서진 살점들"이 존재를 이루고 있다는 것을 암묵적으로 시사한다. 시인은 해체된 굴비 이미지로서 세계를 이해하며, 존재를 성찰할 수 있는 계기를 제공한다. 굴비의 일탈과 파괴는 "입안 가득 고여 오는/마지막 섹스의 추억"의 몸짓을 드러내는 미학적 방법이다.

현대시 미학 산책

1판 1쇄 인쇄 | 2018년 2월 16일
1판 1쇄 발행 | 2018년 3월 5일

지 은 이 | 권성훈
펴 낸 곳 | 경인엠앤비(주)
출판등록 | 2003년 2월 7일

공 급 처 | 리즈앤북
주 소 | 서울시 마포구 잔다리로 77 대창빌딩 402호 04029
대표전화 | 02-332-4037
팩시밀리 | 02-332-4031
이 메 일 | ries0730@naver.com

ISBN 978-89-91580-30-5 03800
값 13,000원